［日］**宫泽伊织** 著

游凝 译

里世界郊游

两个人的怪异探险档案

文化发展出版社
Cultural Development Press

◇千本櫻文庫◇

　　文库，原本是指收纳书物的仓库和书库，也指收纳书与记事簿，以及不常用物品的小箱子。以前者为例，京浜急行线的"金泽文库站"就是以前镰仓时代北条氏用来收藏汉书用的，"金泽文库"名字的由来便是如此。东京都的世田谷区也存在收集珍贵汉书的"静嘉堂文库"。后者则更多地被称为"手文库"。

　　江户时代以来，可以放入袖袂的小开本书籍逐渐流行起来，被称为"袖珍本"。明治三十六年（1903年），富山房发行了小开本的丛书，起名"袖珍名著文库"。随后，明治四十四年（1911年），讲述战国时代的猿飞佐助和雾隐才藏系列故事的讲谈社"立川文库"发行出版。讲谈是日本民间艺术，以口语化的方式讲述历史故事。而"立川文库"则是将讲谈收录成册集中出版的丛书，据统计，当时刊行量为200册左右。从那时起，文库就脱离了原本的释意，逐渐演变成了现在的类书集丛。

　　文库说法借鉴了日本出版业界的传统说法。而千本樱源自日本奈良县吉野山樱花盛开的奇景，世人皆用"一目千本樱"来形容樱花美景。千本樱文库纳入的作品皆为日系作品，题材包括推理、悬疑、幻想、青春、文化等类型，正如千本樱满山盛开的绝景。

现代日本，以"文库"命名刊行的丛书系列有200种以上，所谓"文库本"只不过是统称而已。日本传统的"文库本"常用的是A6尺寸的148mm×105mm，也叫"A6判"。千本樱文库的所有书籍将在"文库本"的基础上提升，达到148mm×210mm的开本标准。在追求还原的前提下，力图带给读者更清晰的阅读体验。

明治维新以来，日本文学有了长足发展，传统文学扎根本土，西学东渐，渐渐演化出了日本特有的美学文化。类型文学则在国民精神需求骤增的背景下蓬勃发展，各家出版社争相设立文学新人奖，用来挖掘出色的文化创作者。而投稿获奖也是志在成为作家的创作者们最依赖的出道途径。不过，新人出道的方式并不局限于此。而更为普遍的另一种方式则是历史更为悠久的毛遂自荐。

"毛遂自荐"是指创作者携带稿件去出版社投稿，随后文稿被刊登在期刊杂志上，该文章的作者便算是出道。进入20世纪80年代以后，日本的期刊杂志类型逐渐丰富起来，作者的出道机会也就越来越多。1989年，日本角川书店创刊《Sneaker》用来连载少年向的小说，随后转向多样化类型的方向运营。2011年，《Sneaker》刊载了一部名为《我的魔剑废话很多》的轻小说作品，随后出版了四卷单行本，宫泽伊织由此出道。

宫泽伊织虽然顺利出道，发展却不顺利。轻小说并不能发挥其才能，因此已经出道的她，开始转而向文学奖投稿。2015年，宫泽伊织以《诸神的步法》斩获了科幻文学的重要奖项"第6届创元SF短篇奖"，转型创作科幻小说。这部《诸神的步法》虽然公开时间晚于出道作，创作时间却早于《我的魔剑废话很多》。回归本心的作者受到日本科幻文学的中流砥柱早川书房的邀请，正式连载科幻小说《里世界郊游》。这部作品吸收了部分轻小说的角色塑造方式，更主要的还是硬核的科幻设定与意想不到的剧情展开。怪谈与异世界的结合方式，搭配冒险的主线增加了几份惊险刺激的阅读体验，天马行空却又符合逻辑的设定往往能够让人深陷其中，这是只属于"宫泽流"的异世界。

千本樱文库编辑部

千本樱文库

本格

巫女馆的密室

圣女的毒杯

哲学家的密室

衣更月一族

美浓牛

少年检阅官

宛如碧风吹过

日常

推理要在早餐时

午夜零点的灰姑娘

会错意的冬日

喜鹊的计谋

谷中复古相机店的日常之谜

科幻

电子脑叶

复写

蒸汽歌剧

巴比伦

里世界郊游

悬疑

千年图书馆

鲁邦的女儿

狂乱连锁

神的标价

恶意的兔子

癌症消失的陷阱

沉默的声音

死之泉

轻文芸

戏言

忘却侦探

弹丸论破雾切

这个不可以报销

天久鹰央的事件病历表

吹响吧，上低音号！

宝石商人理查德的谜鉴定

contents

目录

Otherside Picnic

Otherside Picnic

档案1
狩猎 "扭来扭去"

1

五月的天空万里无云。在这片天空下，我横卧在草原上，离溺水还有一步之遥。

眼前的蓝天映衬着些一跳一跳的，浮游生物似的东西。不记得在哪本书上读过，我们看到的这些生物其实是眼睛里的白血球。我仰起头，微风轻轻抚过，带着一股刺鼻的鱼腥味。说实话，那到底是不是鱼的味道？自从进入"里侧"以来，我还一次都没见过鱼这种生物。

我四仰八叉地倒在丛生的杂草中。草丛很高，根部没在水里，我的后背自然也被水浸透了，这就是所谓的半身浴吧。不，不对。不是这样的，不能这么说。非要形容的话，更像是在泡公共浴池里常见的"寝汤[1]"。只是这个泡池水深二十厘米有余，不费点劲把脸探出水面的话，水就会灌进口鼻。哪里有这种寝汤？就算有，那也是用来拷问犯人的水刑，死亡寝汤罢了。

我确实正在一步步走向死亡。身上穿着的优衣库羊绒外套和迷彩

1　日本泡温泉的一种形式，浴槽通常较浅，泡汤的人仰躺着让全身浸没在水里，只有头部露出水面。

长裤吸足了水，变得沉甸甸的。我保持这个姿势已经……已经过了几分钟？我连看手表的力气都没有，根本不知道过了多久，光是把脸探出水面就已经筋疲力尽了。我的脖子又酸又痛，快要抽筋了；从刚才开始，腹部的肌肉也在不住地颤抖。总之，全身上下都使不上一点力气。感觉就像在梦中奔跑，双脚软绵绵的不听使唤。我的手脚也几近麻痹，一切都只因为看了那东西一眼。

没想到会变成这样——是我太天真了。因为发现了这个世界而雀跃不已，擅自闯进来探险，才会遇见不祥之物，招致溺水的结局。

如果我就这么死在这里会怎样？在"表世界"，会被打上"二十岁女大学生失踪之谜"的标题然后报道出去吗？呜哇——，感觉要被瞎写一气了，真讨厌啊。对不起了，妈妈。

……不过说实话，我这种人，就算突然消失了也不会有人留意吧？因为我几乎没什么朋友。会为我的消失感到烦恼的充其量也只是学校那些发现我没交学费的行政人员和发现我没按时还助学金的助学机构罢了——。

真是越想越心酸。

就算大学毕业了，我也有百分之九十九的可能还不上助学贷款，深知自己的人生前途一片黑暗。事已至此，就这么死在"里侧"说不定也还不赖？

但疼痛和不适果然还是让人讨厌的。正当我开始思考溺死到底有多难受的时候，附近传来了声音。

那是草丛被拨开的声音，还有蹚水的脚步声……越来越近了。是动物吗？从传来的声音可以判断，对方体型颇大。

会是什么呢？不止是鱼，我在"里侧"从来没有遇到过任何动物。对方偏偏还躲在草丛里，看不见真面目，更加令人感到不安。

我试图屏住呼吸，但失败了。似乎是听见我为了把脸探出水面而发出的喘息声，脚步声停住了。接着从草丛的另一侧传来了人的声音。

"有人在那边吗？"

——是人类！

因为太过惊讶，我说不出话来。

是年轻女性的声音。这种场合下，她的语气明快得有些突兀，就像天气晴朗的时候在公园里散步一样。我这边可是正在一分一秒地走向死亡啊。

"……莫非是，冴月？"

对方询问道。冴月是谁？你认错人了。

正当我的脑子陷入混乱时，对方又一次发问了，她的声音里带着少许不安。

"喂，请问需要帮忙吗？还是已经死了？"

"啊、啊！我没——"

我不禁大喊起来，水一下子涌进了嘴里。口腔中灌满了无味的液体。我连忙把嘴里的水吐出来，再次叫道。

"我还活着！救命！"

我不管不顾地喊了一通后才突然想起，让自己置于这种境地的始作俑者还在附近。

"小、小心点，这边有危险。"

"危险？什么危险？"

"白、白色的，一扭一扭的……"

当我试图进行说明的时候，那东西的样子突然在脑子里苏醒了。

顿时，极度的恶心和不适感席卷而来，我不禁发出了呻吟。

我紧闭双眼，试图忍耐，但脑中浮现出的白色物体却越发鲜明。我心下暗道不妙，但意识已经逐渐远去，脑海里的景象慢慢变得扭曲。

"呜……"

"你怎么了？"

"看了它，脑子会出问题的……千万不要看……"

说完这句话，我就耗尽了全身气力。

我的精神开始恍惚，仿佛被一个无止境的、令人晕眩的旋涡所吞噬。我的脸没入了无味的水中，气泡咕嘟咕嘟地从嘴里冒出来。

眼前是一片波光粼粼的天空，蓝色的天幕上冒出了泡泡，白云潋滟着绽开。

正在这时——

一道金光从天而降，撕裂了看不见一片鸟影、空荡荡的蓝白幕布。

我感到有一只手托住我的后脖子，扶着我坐了起来。我终于从水中解放出来了。

看着浑身湿透，眨巴着眼睛的我，那个声音的主人莞尔一笑。

"我还以为你是奥菲莉亚呢。"她说。

"啊？"我回答道。

奥菲莉亚我还是知道的，就是因为那张画而出名的溺死鬼，看上去像在寝汤里淹死了一样。我在维基百科上看过。

但这不重要。看到眼前的少女，我整个人都呆住了。

她是一位出尘绝艳的美人。

她有着微卷的金发，高挺的鼻梁和洁白细腻的肌肤，手脚纤长，虽然穿得很严实，还是一眼就能看出她曼妙的身材。她穿着橄榄绿的夹克衫和牛仔裤，拉链一直拉到脖子处，脚上是一双绑带皮靴。

女子看上去和我年龄相仿，或许比我还要小一点。她用熠熠生辉的蓝眸俯视着我，问道：

"出问题了吗？"

"什……什么？"

"你的脑子。"

"大……大概，还好。"

我回答道——但真的是这样吗？

说不定自己的脑子早就已经不正常了，在将死之际被这么漂亮的女孩子搭救，仔细一想未免也太便宜我了。这算什么？中学生的妄想吗，还是弥留之际产生的幻觉——

正当我脑海中转着无数个念头时，她开口了。

"所以它在哪儿？那个看了脑子就会出问题的东西。"

对方问得很随意，我也下意识地老老实实抬起手，指了指那个方向。回过神来才发现手脚已经恢复了知觉，虽然还是有些麻麻的，但总之能动了。

"在那边……等等，你想干吗？"

她留下坐在水中的我，从草丛中站了起来。

"不行不行，我都说有危险了！"

"呜呃，真的。"

女子嫌恶地闭起一只眼睛，吐了吐舌头。

"是那个吗，好恶心。"

"不，不是恶心的问题，都说不能看了——"

我抓住女子的手腕想让她蹲下，就在那一刻再次与它四目相对。

望不见尽头的枯草如同一片汪洋，其间点缀着深色的灌木和废墟。在这片"里侧"的平原上，突兀地伫立着一个扭动的影子。看上去就像被拉长了的人。

这个人影难以捉摸，如同暮色下长长的影子从地面剥离，站了起来。

它是白色的。浑浊的白色让人想起香烟的烟雾。

白色的，摇摇晃晃的人影在被水浸没的草丛中扭动着身子，像在跳舞，又像在痛苦地挣扎。一扭一扭，一扭一扭的。

我盯着它的动作，脑子逐渐变得一片模糊，胃里翻江倒海。然而，我却产生了一种感觉——必须看得更清楚一点。

如同早上醒来时竭力回忆快要忘却的梦境，我难耐地压榨着每一个脑细胞，试图寻找存在于脑中的某个答案，一个呼之欲出的答案。还差一点点。

"呜……"

我放开了女子的手腕，呻吟起来。我的身体摇摇欲坠，朝她的牛仔裤靠去。

我的呼吸开始变得短促起来，女子轻轻地把手搭在我的头上。

"看了那个，会产生很奇怪的感觉，对吧？"

"嗯——"

"如果一直盯着看会怎么样？"

"不、不知道……"

"说的也是——"

她的口气虽然游刃有余，但显然也不是一点事都没有。耳边传来女子急促的呼气声。

"啊——好难受。哈——但我好像快明白了……这种感觉的尽头好像有什么……"

"呃啊……"

我已经不能好好回答问题了，她的呼吸也逐渐变得紊乱。是心理作用吗？身体似乎在不断摇晃，分不清摇晃的到底是我自己还是对方。

"比——比刚才更近了，再不逃就……"

我用尽全力挤出这句话。

不知为何，这个人影像纸一样薄，不知道它到底离我们有多远，但感觉比刚看到的时候靠得更近了。

视野中的物体变得扭曲。眼前的场景宛如飘在空中的烟雾投射出来的一样，看上去非常虚幻。我的脑袋昏昏沉沉，就在快要失去意识时，只见金发女子高高抡起手，扔出了一个什么东西。

一块闪闪发光的方形石头划出一道抛物线，向白影的方向飞去。

下一个瞬间，白色人影当场骨碌碌地扭曲起来——消失在空气中。

"欸！"

我不由得惊呼出声。

"咦！？干掉……了？"

从金发女子的口气里能听出，感到讶异的不止是我一个人。她深深地吐出一口气，看向抱着她的腿呆坐着的我，歪了歪头。

"刚刚打中了，对吧？"

我连连点头。说是打中，看上去更像是投射出白影的那片烟雾倏然消失了。

"你……你刚刚扔了什么？"

"岩盐块。据说能用来对付'那种东西'，我就试了试。没想到真的有效果。"

撒盐能驱除恶灵之类的说法吗？

总觉得太通俗易懂了，一时之间难以接受……

"哎呀呀。"

她突然重心不稳，向后倒去。

要不是我扶了一把，恐怕她就要仰面朝天摔进水里了。女子站稳后朝我粲然一笑。

"多谢啦。你没事吗？刚才很想吐，对吧！"

"嗯、嗯。"

恶心、头晕，以及残留着的手脚麻痹感都正在迅速退去，适才那种"呼之欲出"的感觉也没有了。

"站得起来吗？"

"啊，嗯。"

我才发现自己还死死抱着对方的腿，慌忙放开手站了起来。虽然还有些站不稳，但应该没什么大问题了。湿答答的衣服贴着皮肤，让人很难受。

"那个……谢谢你救了我。"

"不用，不用。"

她不以为意地挥了挥手，向我自报家门。

"我叫仁科鸟子，你呢？"

"啊，那个，我叫纸越空鱼。"

"空鱼，你是从哪里过来的，离这儿近吗？"

噢噢，突然直呼别人的名字。

尽管对这种突如其来的亲近感到有些害怕，我还是点了点头。

"嗯，就在附近。"

"太好了，你能带我过去吗？其实我有点迷路了。"

"好呀——鸟、鸟子。"

听见我直呼她的名字，女子的脸上洋溢起光辉。

"稍微等一下，我去把那个捡回来。"

这么说着，"鸟子"拨开草丛，走向刚才岩盐块掉落的地方。

2

我们打开门，在钻过去的一瞬间，四周的氛围一下子变了。

"哇，好暗。"

在我身后，鸟子自言自语地说。

眼前是一栋夕阳下的破房子。天花板和壁纸都已经斑驳剥落，煤气灶和洗碗池也变得乌黑肮脏。灰尘满布的餐桌上散落着几张已经褪色、字迹难以辨认的水电费账单。

再回头看时，我们来时的门已经关上了。这里是某家荒废的店铺，正对着有拱廊的商业街，后面有个用于居住的小房间。后门本应通往一条狭窄的小巷。

这扇门就是我发现的"里侧"出入口。

鸟子一边环顾着室内，一边问我。

"这里是哪儿？"

"大宫区，车站东边的——"

"欸，琦玉？！我没想走这么远的。"

"鸟子你是从哪里进去的？"

"神保町——在东京，果然是空间在某处发生了扭曲吗。"

从屋外传来商业街的喧闹声，还有往来行人的脚步声，自行车急促的车铃。隔了好几栋楼的小钢珠店每次打开店门，钢珠相撞发出的哗啦哗啦的声响便越发刺耳。没错——这就是"里侧"所没有的东西。不管是人声、引擎的轰鸣还是电器微弱的响声，那里都不会有。"里侧"有的只是风吹动草木的沙沙声，以及偶尔传来的虫声鸟鸣，没有任何人类活动的声音。

我真的非常喜爱那片令人失神的寂静。

想独占那个宁静安谧的世界……我本来是这么想的。

突然有什么东西摩擦地板，发出吱呀一声，我不禁吓了一跳。

是鸟子拉开了餐桌旁的椅子。她大剌剌地在积满灰尘的椅子上坐下，长出了一口气。

我犹豫了一会儿，也拉开一把椅子，小心翼翼地坐了下来。

桌子对面能看见鸟子的侧脸。她仿佛在思考着什么，支着手肘，注视着焦黑的煤气灶。

"——你去过几次了？"

听到我开口，鸟子如梦初醒般眨眨眼，看向我。

"十次左右吧。"

真的假的。算上这次，我也才去了三次而已。

"去了那么多次……怪不得一副轻车熟路的样子。"

"不，也没有轻车熟路吧。"

"但，你不是击退了'扭来扭去'吗？没想到还能做到这种事。"

"扭来扭去？那个恶心的怪物原来叫这个名字吗？"

"也不是名字……只是类似的民间传说？"

"明明空鱼知道的比我多。"

"我不过有些知识储备而已，从来没想过竟然真的有那种东西。"

我说完这句话，才逐渐反应过来刚才发生的事有多么不寻常。

我之所以会知道那个传说，是因为大学里有一门专业课叫文化人类学，我在这门课上的研究题目是现代发生的真实灵异事件，并由此对这些事件产生了兴趣。"扭来扭去"是 2003 年前后网上流传的一桩怪谈，大致内容是有一个人遭遇了诡异地扭动着身体，跳着舞的白色人影，如果直视它就会精神失常。适才我们遇到的怪物，和这个传言里的"扭来扭去"十分相似。

但我并不认为"扭来扭去"是真实存在的。文化人类学虽然也研究妖怪或巫术，但并不是因为相信这些东西的存在，只是将其当作人类文化的一个侧面罢了。

"那你看看这个，知道这是什么吗？"

鸟子在夹克衫口袋里摸了一会儿，掏出一个四四方方的物体。

她把这个物体放在桌子上。这是一个边长 5 厘米左右的银色六面体，每一个面都像镜子一样光滑，映射出屋子里的模样。

斑驳的壁纸、塌陷的天花板，以及散落的垃圾纸屑都清晰可见。

但唯独没有盯着它看的我们俩的身影。

"咦？"

不管是换一个角度看，还是把手伸过去，都没有发生任何变化。

"……什么东西，这是？"

"刚才的怪物消失后掉下来的。"鸟子把六面体拿起来仔细端详，"这个拿去卖能卖多少钱啊？"

"不是，这东西到底怎么一回事？"

"不知道，会是什么呢？我扔出去的岩盐块不见了，该不会是它变的吧。"

怎么可能。只照不出活人的镜子？这种东西真的存在吗？

把这个，带出来是不是不太好？

我不安地想着，视线却无法从鸟子手中的物体上移开。本以为自己已经知道"里侧"是一个非同寻常的地方，但这个小小的六面体又一次动摇了我对现实世界的认识，证据确凿，无可辩驳。

我是在一个月前发现了"里侧"的存在。

为追寻真实灵异事件的现场，我调查了许多被称为灵异地点的地方。早在读高中的时候，我就喜欢做些类似于废墟探险一样的事，所以当时也潜入各个可疑场所进行了调查，个人称之为"实地考察"。

当然严格说来就是非法入室啦。总之在调查过程中，我在这栋破房子里发现了它，一扇连接着奇妙草原的小门。

第一次我只向草原踏出了两三步，为了防止门自动关上还特意用棍子抵住。尽管如此，回到小屋时我整个人都是呆住的，因为眼前的景象实在是太让人难以置信了。

收拾好心情之后，我第二次造访了这里。这次硬着头皮前进了50米左右的距离，最后因为脚陷进泥里摔倒，弄得一塌糊涂，只能回家。

第三次，也就是今天，我特地穿着能在野外自由活动的服装来到了"里侧"。参考此前进行废墟探险的经验，我穿上了保暖又易于活动的衣服和鞋子。但这身打扮说去运动却没带着器械，说去登山未免过于轻便，在电车里反而显得非常醒目。如果走夜路说不定会被当成闯空门的小偷呢。总之，我精神抖擞地踏进了"里侧"，打算开始一次正式的探险。

然后就遇到了"扭来扭去"，差点死于非命。

"喂。"

在我陷入沉思的时候，不知不觉间，鸟子从餐桌的另一边探过身来，一动不动地紧盯着我。

"……怎么了？"

"空鱼你是怎么知道那个地方的？"

"你是指'里侧'吗？"

"是这么叫的吗？谁说的？"

"我、我自已随便起的。"

没错，"里侧"这个名字不过是我随便起的而已。与自己以往所知的"表世界"相对，潜藏在阴影中的是里世界，就这么简单。

……说起来，你又是怎么知道"里侧"的呢？

我再次看向鸟子，与她四目相对。

这家伙到底是何方神圣？

"鸟子，你——"

"空鱼，你在那边有没有看见过其他人？"

提问被打断的我瞬间失去了气势。

"没见过，你是我在'里侧'遇到的第一个人。"

"这样啊。"

鸟子垂下眼睛，靠在椅背上。

"你在找什么人吗？"

"算是吧。"

"说起来刚才你说过吧，好像是叫'冴月'来着？"

我说出了那个名字，就在这时——

咚！突然传来一声巨响，我们俩吓得跳了起来。

是从这栋屋子的后门传来的。我们刚刚穿过的连接着"里侧"的这扇门突然发出了声音，就像有谁在对面敲门一样。

门只响了一次，之后便悄无声息。鸟子轻轻把屁股从椅子上抬起来，似乎想去看看情况。但我坐的位置离门更近，我伸手制止住她，站了起来。

怎么办？鸟子用口型问道。我无视她的发问，蹑手蹑脚地走近那扇门。

把脸凑近猫眼。

这时我突然想起了那个有人从猫眼另一侧向这边看的恐怖故事。会看到一个布满血丝的眼球吗？我一边想象着一边提心吊胆地向猫眼看去。

…………

好蓝。

猫眼的另一边，是一片蓝色。

比海洋和天空都要更蓝的，蓝色的世界。

这是什么？

"喂，空鱼……怎么样？"鸟子压低声音问我。

"不知道。我什么都看不到，只有一片蓝——"我回过头答道。

话音未落，鸟子就瞪大了眼睛。

"离开那里！"

这么说着，她拉开夹克衫的拉链，把手伸进衣服——掏出了一把锃亮的黑色手枪。

慢……

慢着，这可不是开玩笑。

"哦，没事。"

看见我的表情，鸟子用息事宁人的姿态举起一只手。

"只是一把马卡洛夫手枪而已，我捡到的。"

在哪里捡的啊？

"我还有多出来的，下次也给你一把吧。先不说这个了，那边很危险。"

不需要，而且你才是最危险的……虽然很想这么说，但我还没蠢到去反驳手里拿着枪的人，于是乖乖地走开了。

鸟子双手握着手枪走近了那扇门。虽然不知道算不算专业，但她的动作看上去非常干净利落。

她紧贴在门上，向猫眼看去。

有一小会儿，鸟子保持着同样的姿势一动也不动。

"鸟、鸟子？"

我小声唤道，生怕吓到她。

"你刚才看的时候，那边是蓝色的，对吧？"鸟子淡淡地说。

"嗯、嗯。"

"这样啊。"

鸟子叹了口气，放下枪，缓缓握住门把手。

"欸，等——"

还没来得及阻止，她就把门完全打开了。

充满尘土味儿的空气涌进了房间。

门的那边是一片蓝……不是。

是"里侧"那片杳无人迹的原野……也不是。

门外只有一条小巷。

"咦？！"

我冲到门口，把身子探出门外。

"里侧"那片一望无际的草原，消失了。

有的只是一条夹在建筑物中间的，狭窄肮脏的小巷。插着空瓶的啤酒箱、垃圾桶、锈迹斑斑的废旧自行车，从商业街的方向传来懒洋洋的夏威夷乐曲。

了无生趣的日常，了无生趣的"表世界"的光景。

"哎？"

我目瞪口呆地站在原地。

不见了。

我的"里侧"。

"这个入口坏掉了啊……呃，等等，你怎么了？"观察着我的神色，鸟子慌张地说道，"喂，等一下，空鱼！"

对鸟子的呼唤，我只能以摇头回应。

眼泪差点夺眶而出。

就像还没来得及开发的游乐场，只属于自己的秘密花园在眼前被生生夺走了。

"不要露出这种表情嘛。我会带你去别的入口，好不好？"

鸟子无奈地说着，走过来伸手摸了摸我的头。

你以为你在"拍拍头"吗？哪里来的轻浮男啊，小心我揍飞你。

内心愤愤不平地想着，我张开嘴。

"不用了……"

喉咙里发出了像小孩子闹别扭一样的声音，我清了清嗓子重新说道："不用了，我没事。"

我别开头，鸟子也顺势放下了手。

我们一言不发地低头望着后门的门槛。

那里刚才到底有什么呢？我们对此毫无头绪。

"我说的蓝色，很危险吗？你都把枪掏出来了……"

被这么一问，鸟子垂下手把玩着枪，一边回答。

"我听别人说过，在那个世界有着各种各样的危险，但最危险的就是变成蓝色的时候。"

"为什么？会有什么东西来袭击我们吗？"

"不知道，我也没经历过。不过……"鸟子突然疲惫地叹了口气，"我今天就先回去了，改天再见吧。能告诉我你的联系方式吗？"她把枪塞回夹克衫里，一边拉上拉链一边说。

把自己的联系方式告诉这个手里有枪的神秘女子，真的好吗？

"……鸟子，把你的联系方式告诉我吧。"

"我不记得自己的手机号了。"

"打开手机看看不就行了吗？"

"没带在身上，我可不想把手机丢在那边。"

"……啊！"

我忙从自己湿透了的裤子口袋里掏出手机。

完了，全忘了。

泡在那池无味的水里时，手机当然也被浸透了。

我一边祈祷着一边按下开机键，屏幕闪了一下，开机了。

太好了——就在我松了一口气的瞬间。

"……这是什么？"

看着画面，我发出了一声呻吟。

屏幕上出现的不是熟悉的图标和应用程序，而是一些像是日语却完全看不懂的神秘文字和奇妙的图形。在"里侧"泡过水之后，我的手机已经成了一台毫无用处的机器。

3

第二次遇到仁科鸟子是一周后，在大学的食堂里。

上完第三四节的非洲史Ⅰ，我去食堂吃午饭。正吃着饭呢，突然有人拉开对面的椅子坐了下来。怎么这么没礼貌……我抬起头，只见一个阴魂不散的非法持枪金发女正朝着自己招手。

"你好啊——"

我嚼着嘴里的萝卜泥酱拌鸡肉，一言不发地盯着她。

今天的鸟子和上次遇到时不同，穿着非常普通，就像出来逛街的。

她身穿白色女式衬衫加蓝色过膝百褶裙，只拎着个皮质托特包。尽管打扮朴素，但因为底子好，看上去也是像模像样。相比之下，我则是一副"从附近公寓出来上个课就回去"的样子。纯棉衬衫加，嗯，随便抓的一条牛仔裤，手里提着从高中一直宝贝到现在的帆布包。我们俩的"普通打扮"之间可谓是天差地别……

鸟子用闪闪发光的眼睛直视着我问道："你没有一起吃饭的朋友吗？"

"能不能别管我？！"

我不禁愠怒地答道。看到我的样子，鸟子愉快地挑起眉毛。

糟了，一不小心给了反应。

我很讨厌这种擅长把别人玩弄于股掌之间的人。这些家伙喜欢给别人贴上些滑稽可笑的标签，没有朋友啦、不好相处，阴沉啦，真的不用你管好吧。高中的时候也有这种人，上了大学又马上遇见了这种人，筋疲力尽。因为对这种麻烦人物敬而远之的缘故，直到大二这年的五月，我还是一个朋友也没有。

我一脸厌烦地看向面前的金发女子。就颜色来说，这头金发可真漂亮。叫人火大。

这家伙为什么会在这里啊？她怎么会知道我在哪儿？虽然自己确实不情不愿地说过在哪里读的大学，可没想到这就找过来了。明明电话号码和邮箱地址都没告诉她，真是个可怕的女人。

"我们再去一趟吧。"

谜团重重的女子，a.k.a.[1]鸟子如此说道。

我立刻反应过来，她说的是"里侧"的事，毕竟这是我们俩唯一的交集。

"你自己一个人去不就行了？"

"我们俩一起去嘛，不行吗？"

"不是行不行的问题……你过去那边干吗？"

"有人说，想要上次我们带回来那种奇怪的镜子块儿。"

"啊，那个……"

那么不可思议的东西，确实可能会有人想要。

"有人想要我们也没办法呀，毕竟只是碰巧捡到的。"

"不是碰巧哦，我知道获得它的方法。"

"方法？难道你想——"

我有一种不祥的预感，鸟子朝我探过身子。

"那个怪物，你是不是叫它'扭来扭去'来着？我们去抓它吧。"

"哈啊？！"

我终于忍不住提高了声调。

抓？那个光是看着就会让人发疯的恶心怪物？

这女人疯了吧？

"能赚大钱哦，老板。"

档案 1 · 狩猎 "扭来扭去"

23

---

1 As known as的缩写，"又名……""人称……"。

"老……"

突然意识到自己差点没从座位上站起来，引得路人纷纷侧目，我坐回去，压低声音问道："……你认真的吗？"

"真的真的。我还买了好多秘密武器，你看。"

鸟子拨弄着桌子上骨碌碌转动的岩盐块。

"来嘛，让我们一起奔向幸福吧。"

"真的假的……"

我呆若木鸡地嘀咕了一声，回过神来连忙摇头。

"不不不，不行，不行，我不想再接近那种怪物了，上次差点就没命了。"

说到底那些盐巴真的有效吗？虽然当时，怪物好像确实被岩盐命中后就消失了。

鸟子乖巧地低下头，把手放在胸前。

"只有我一个人的话可能会被怪物干掉，所以希望空鱼也能一起去。"

"为什么是我啊？"

"因为你看起来很可靠。"

"哪里可靠了？！我们只见过一面，你凭这一面能知道什么——"

"今天是第二面。"

鸟子看向皱着眉头的我，微微一笑。

"你的手机修好了吗？"

"啊？"

"之前不是坏掉了嘛。"

"还没修，因为我没钱。"

我想着反正也没人会给自己打电话，干脆置之不理，就这么过了一星期。

"你觉得那种镜石，一个能卖多少钱？"

鸟子神神秘秘地把脸贴过来，我只好不情愿地将耳朵贴上去。

"……你说多少钱？"

耳畔传来的数字吓得我魂飞天外。有了那些钱，买多少台手机都绰绰有余。

见我呆呆地望着她，鸟子露出满意的微笑。

"我们平分，一人一半。"

"真的？"

是真的。

我和鸟子出了校门，从南与野站坐上了琦京线的电车。

途中，我因为不知道怎么和不熟的人聊天而闷闷不乐。意外的是鸟子竟也没来搭话，只是站在电车门旁，一言不发地望着窗外。她看起来似乎心情不错，笑眯眯的，并没有因为沉默而感到尴尬。还以为她一定会喋喋不休地过来搭话呢，我有些失落。

虽说这样一来确实轻松了不少，但反而让人忍不住开始注意起对方来了。我有满肚子的疑问，但该如何开口呢？长期以来过着事不关己的生活，我的对话能力已经逐渐退化了。我在脑中嗯嗯啊啊地编织着语言，随着电车一路晃到池袋换乘丸之内线，直到在御茶水站下车时还是什么也没能说出口。

鸟子把我带到了位于神保町一角的某幢大楼前。

这是一幢看上去摇摇欲坠的高层商住大楼，位于古书街后面，各种店铺和住宅乱糟糟地挤在一起，一共有十层。

"这里？"我用怀疑的眼神抬头望着这栋楼，"这里真的安全吗？"

"没事的，走吧。"

鸟子轻松地答道，一边走了进去。看着她的背影，我有些犹豫。

我果然不擅长和这种类型的人打交道，跟被小混混缠上没什么两样。

虽然这么想着，我还是不情不愿地跟了上去，只因为不想错失这个与"里侧"之间的连接点。

自从发现了"里侧"，它就成了我的全部。我想任谁都会这样吧。假如发现了一个只属于自己的秘密世界，得以从生活中的一切麻烦、困难、旁人的多管闲事中逃离，有谁会不为之倾倒呢？

又或许并非如此。

总之，不能跟鸟子对着干。绝对不行。

——不管了，爱怎么样怎么样吧。

我终于下定决心，踏进了这幢大楼。

穿过脏兮兮的入口，走进了电梯间。

门关上之后，鸟子按下了四楼的按钮。

到了四楼，她没有走出电梯，而是又按下了二楼的按钮。到了二楼，又按下了六楼的按钮。简直就像在输入密码一样，毫无章法地按着按钮。

做着和小孩子捣乱一样的找骂行为，鸟子的表情却十分认真。

"……这是在做什么？"

"依照某个特定顺序按这部电梯的楼层按钮，就能到达异世界。"鸟子回答道，但手上的动作没有停止。

"空鱼，你应该听过类似的说法吧？"

"……听过。"

我点点头。没错，确实在网上看到过类似的都市传说。"幼稚"是我对这个故事的第一印象，我本人对这类"前往异世界"的网络怪谈没多大兴趣，只是它们的流行总让人耿耿于怀。

没想到自己如今竟成了故事的主人公。

六楼、二楼、十楼……电梯匆匆地上下移动着，每当它停在某一层，鸟子便马上按下关门键。

五楼到了。门一打开，只见走廊尽头有一个女人朝电梯跑来。女人个子很高，黑发，看不见她的脸。我还没来得及看清楚，鸟子就按下了关门键。

"等一下，刚才那个人想进来。"

我不禁出口指责她，鸟子耸了耸肩。

"每次电梯到五楼，她都想进来。"

"……每次？"

"每到五楼，一定会有个女人想进电梯，绝对不能让她进来。"

那是什么，好恐怖。

一楼、三楼、八楼，电梯门开开关关。透过门缝可以看见商住楼走廊里的光景像幻灯片一样不停地切换着。二楼、七楼、十楼。闪烁不定的日光灯下，磨砂玻璃门被用力打开，走廊里出现了一双女式靴子。一个背对我们走着，西装革履的男性停下脚步，正当他要回过头来时，电梯门关上了，景象戛然而止。

渐渐地，我发现了异样。明明只是在十层楼之间来回穿梭，却从来没出现过重复的景象。每次门一打开，眼前又是一条陌生的长廊。

"……我说。"

"你发现啦？"

鸟子瞟了我一眼，嘿嘿地笑起来。干吗一副心知肚明的样子！被我一瞪，她有些慌张地眨了眨眼睛。

或许是心理作用，我感觉电梯门打开的时间间隔变短了。我看向操作盘和楼层数，吃了一惊。都是些不认识的字符。就在刚才明明还写着普通的阿拉伯数字，不知什么时候已经变成了没见过的符号。

终于，电梯停下了。

门的那一边，一片漆黑，什么也看不见。

从电梯间里倾泻出来的亮光在地板上投射出一个歪歪扭扭的四边形。

"鸟……鸟子，我们到了？"

鸟子疑惑地歪了歪头。

"咦？好像搞错了。"

"啊？"

"这里以前没有这么暗的。"

"等等，等等——"

"好奇怪啊，那边现在是晚上吗？"

我对她不靠谱的回答感到震惊，把身子探出了门外。然后以迅雷不及掩耳之势缩了回来。

我连退好几步，后背猛地撞到电梯的墙上。

"快关门！"

在我大喊的同时，鸟子一拳砸上关门键。

就在电梯门关闭前的那一瞬间，只听到冰冷的脚步声"踏踏踏踏"地急速接近，黑暗中我仿佛看到了什么东西的脚尖。

骨节凸起的脚趾尖上，是凹凸开裂的粗大爪子。就在我看到它的一瞬间，关上的门阻绝了黑暗。

一片死寂。电梯嗡嗡震动着又运作了起来，在向上走。

"那是……那是什么东西？"

我的舌头不听使唤，好不容易才发出了声音。

"你看见了吗？鸟子——"

我转过头对鸟子说，却见她不知什么时候已经拿出了枪，枪口直对着电梯门的方向。

"哦哦哦？！"

"哇，你不要吓人啊！"

"你才不要吓人好吗！能不能别理所当然地把枪掏出来啊？！"

"我也不是一直随身带着枪啦，因为今天要和你见面才带上的。"

"为什么和我见面会需要枪？！"

"没事的，放轻松。It's OK。"

"Not OK！说到底，你从哪里掏出来的这玩意儿啊？难不成直接把枪装包里带过来了？！"

"空鱼，你说话好有意思啊。"

"啊？哪里？！"

"因为你一直在忙着吐槽……怎么说呢，感觉像那些在推特上吵吵的人一样。"

"……？！"

困惑、羞耻夹杂着愤怒涌上心头，让我一句话都说不出口。这时，电梯又一次停了下来。

我们还没来得及看，门就向两边打开了。

鸟子满意地点了点头。

"太好了，这次到了。"

门的后面，是屋顶。地上铺着的混凝土瓦片已经龟裂，对面竖着半人高的铁栅栏，栅栏上方是飘着白云的天空。

"走吧。"

鸟子一脚迈了出去。

"我说，这里真的安全吗？"

"It's OK, Maybe。"

"啊啊啊，I don't think so。"

我虽然很害怕，但现在被鸟子抛下的话弄得心里更没底，索性下定决心，一口气冲了出去。

我出了电梯间，走向屋顶外沿。湿润的风吹动了我的头发。

四周竖着的铁栅栏已经锈迹斑斑，让人不想把身体靠在上面。我轻轻扶住栏杆，确认过它不会突然崩落后才向下望去。

太阳四周笼罩着一层光晕，朦朦胧胧的阳光下，是绵延无尽的枯黄色草原。

这片广袤的草原高低不平，枯草像波浪一样上下翻涌着。草原各处散落着些时隐时现的物体，似乎是人造物。布满爬山虎的大楼、随处滚落的巨石、输电塔从黑漆漆的杂树丛另一边探出头来，就像用金属丝做的小手工一样。蜿蜒穿过沼泽地的是铁轨吗？在更远处，是绵延不绝的低矮山峰。

"怎么样？"

鸟子的语气带着莫名的自豪。

"……起码看上去不是神保町。"

我转过身环顾屋顶。没有楼梯，只有一扇孤零零的电梯门。

"我们从哪儿下去？"

"这儿。"

我跟着鸟子走过去，看到栅栏的缺口处有一架梯子。

"欸……我们要从这里下去吗？"

"你有恐高症吗？"

"没有是没有……"

只从屋顶上向下看倒是没关系，但要从十层高的地方顺着生锈的梯子爬下去就另当别论了。

"别担心，我从来没掉下去过。"

鸟子不负责任地说道，我斜了她一眼。

"我已经慢慢知道鸟子的行事风格了。"

"什么行事风格啊？"

"你是那种'惹了麻烦再说'的类型，对吧？"

"别看我这样，我也是经过深思熟虑的。"

"是吗？"

看到我犹豫不决的样子，鸟子把脚踩到梯子上。

"我先下去咯。有我在下面，你掉下来的时候也会放心很多吧。"

"你会接住我吗？"

"嗯，没想到你对我寄予了这么大的希望。本来想说万一真掉下来，我充其量也只能在下面垫着你吧。"

"……不必了，我如果掉下去你记得躲开点。"

梯子发出吱吱呀呀的声音，十分恐怖，好在我既没有把鸟子砸扁，也没有因为砸不中而把自己摔扁，总算是平安着陆了。

我一边放松着因为紧张和疲劳而不断颤抖的手指，一边四下张望。

大楼周围能看到裸露出来的黑土地，部分野草被踏平，形成一条小路，没入高高的草丛深处。

我在顺着梯子向下爬的过程中就注意到，这幢大楼和我们之前走进去的时候大有不同。

首先它没有墙。只有柱子和每一层的天花板还残留着，成了徒有骨架、空空荡荡的一片废墟，就连楼梯和电梯井都没有。那么，我们又是从哪里上去的呢？

一楼甚至没有地板，露出了光秃秃的地面。鸟子走向一个靠着柱子的汽油桶。

我跟过去一看，汽油桶内部烧得一片焦黑。旁边杂乱地堆着一些水泥砖块，似乎是用来当椅子的。

"你在这里生过火？"

"以前的事了。"

柱子背面倚着一把铲子，上面布满了褐色的铁锈。她拿过铲子，把它插在砖堆旁的地上。

鸟子只挖了两三下就找到了目标。她蹲下身，从洞里拿出一个用白色塑料袋包起来的东西。

"给你。"

"欸，这是什么？"

眼前递过来一个来路不明的东西，我有点害怕。

但鸟子没有要收回去的意思，我只得不情愿地接过来，打开包着的塑料袋。

"……"

我一言不发地盯着手里的东西。

"是枪哦。"

"一……一看就知道了好吗？"

马卡洛夫手枪，好像是叫这个名字吧。和鸟子拿着的是同款，袋中还一并放着装在纸盒里的子弹。

"……为什么要给我？"

"之前不就说过要给你一把嘛，武器是必需的。"

好可怕，不知道怎么用，不想开枪，不想要这把枪……反驳的话一窝蜂地涌进脑子里，但我却一句也没能说出口。

刚才在电梯间里看到的东西还鲜明地印在我的脑海里。从漆黑的楼层深处"踏踏踏"地向我们冲过来的，长着钩爪的怪物。虽然不知道它到底是什么，但如果又遇到那样的东西……

"……我先收下了。"

"嗯。"

鸟子点点头，快速地把那个洞填了回去。

之后，鸟子教了我怎么装子弹和解除保险。听起来并不是很难，虽然我对打中目标完全没有信心。

"要不要试试？"

"不了，好可怕。"

"实战的时候，临时抱佛脚可是会失败的哦。"

"都说不用了。"

我上好保险，犹豫再三，还是把枪塞进了包里。

"不好意思啊，要是有个枪套什么的会好很多，但毕竟是捡来的枪。"

"在哪里捡的？"

"这边。有时候会看到遗落的枪，可能有军队来过这里吧，虽然我从来没遇到过。"

虽然我也想过可能还会有其他人来过这里，但是军队？

这也就意味着我们有突然遭到枪击的可能。

"那我们走吧。"

鸟子没有理会越发不安的我，重新背起她的托特包，欢快地说道。

"嗯……嗯。"

我们离开大楼，踏进了草原。

目的地是我和鸟子相遇的地方。

目标是——狩猎"扭来扭去"。

4

里世界郊游·两个人的怪异探险档案

"果然我应该换了衣服再过来的。"

鸟子一边沿着草丛中的小路走着，一边说道。

我也同意她的意见。

我们俩今天的打扮都不适合在野外走来走去。我穿得还算好，鸟子穿的是轻飘飘的短裙，还光着腿。

"说到底，你怎么穿着这身衣服就来了？"

"因为我想在日落前就过来嘛。"

"为什么？"

"这里到了晚上，会变得很恐怖吧。"

她这么一说我才意识到，自己从未在"里侧"度过夜晚。

"到了晚上会变成什么样？"

"不知道。"

听到她干脆的回答，我一下子泄了气。

"你不是来过十次吗？都是白天来的？"

"因为有人让我不要晚上过来。"

"谁啊？"

"朋友。"

"那这个人现在在哪儿？"

"不在了。"

对我的询问，鸟子头也不回，回答得很简洁。

你们一起过来的？为什么不在了？

那个人就是"冴月"吗？

虽然很在意，但我最终没有再问。走在前面的鸟子的背影看起来有些僵硬，她似乎并不想说太多。

我们沿着草丛中的小路默默向前走着。

只有人来人往才会形成这样的路。只要一段时间没人走，马上就又会被丛生的杂草所湮没吧。如果我的常识在"里侧"也能行得通的话。

天空蔚蓝，没有一片鸟影。风吹过草丛，带来一丝寒意。

我和一个陌生人一道，走进了这片未知的土地。

穿着轻飘飘的衣服漫步在枯黄草原上的女子，总觉得似乎在什么广告里看到过类似的景象。

……我究竟在干吗？这里又是哪里？

鸟子头也不回地向前走去。望着她的背影，我逐渐有些心虚起来。

"我说啊，我们只见过一面，你为什么会认为我很可靠？"

我问道，鸟子没有回头。

"嗯——比如，你没有报警之类的？"

"嗯？"

"那把枪。我还以为会有警察找上门来呢，你为什么不报警？"

"因为我不想跟你扯上关系。"

我老老实实地答道。鸟子走着走着轻盈地转了个身，抬起手指指向我。

"就是这种地方，这种地方让我觉得你很可靠。"

"哪里可靠了？自己这么说也就算了，交朋友的时候可不能选这种人吧。"

"但，当共犯却是最妙的人选？"

"……"

这让我想起了不知在哪里看过的某个罪犯被抓进看守所后的言辞：如果自己的狱友里有某个人不是职业犯罪者，而是个普通人的话，他就会套出那个人的许多信息，等刑满释放后当作把柄勒索对方。

难道因为不会报警，所以被小看了吗？

"你知道吗？所谓的共犯，可是这个世界上关系最亲密的人哦。"

鸟子仍然保持着指向我的姿势，得意洋洋地说。

"不知道，还有，不要用手指着别人。"

"啊，对不起。"

她突然缩回了手指。

"让你不舒服了？"

鸟子惴惴不安地问道，反而让我不知道该怎么回答。现在才来问？

"哎，也没什么……"

"谢谢你。"

她松了口气似的点点头，又轻快地转了回去。

这句"谢谢"是在谢什么？

我可没答应要当你的同伙。

我还在犹豫该怎么回答，鸟子已经飞快地跳到了下一个话题。

"对了对了，说起来，'扭来扭去'这种妖怪一般会出现在什么地方？"

"呃……现在问这个吗？我们现在是要去第一次见面那个地方，对吧。"

"因为我想空鱼应该知道它们原来都住在什么样的地方。"

"你说'住'吗？嗯——"

我想起上次从"里侧"回去之后，自己又把之前那篇网络怪谈粗略地看了一遍。有几篇关于遭遇"扭来扭去"的文章都挺有名的，至于它们的共通之处——

"乡下吧……很多讲的都是主人公从大城市去乡下玩儿的时候遇到的。"

"乡下的范围好广啊，具体一点呢？"

"沙滩、田野之类的。"

"原来如此，说起来那个怪物到底是什么？"

"不知道，你不应该在一开始就想到这个问题吗？"

"因为空鱼不是专家吗？"

"都说不是了。"

"想想办法嘛。"

别难为人好吧，我对这些也不了解啊。

"唔——嗯……在发现'里侧'之前，我曾一度以为'扭来扭去'是某种蛇妖的变体。这个名字本身就很有蛇的感觉，在田间出没也像是蛇的习性。蛇在日本被当作丰收之神，对吧？'扭来扭去'的故事还与稻草人有关，这也是一个很大的疑点，因为稻草人的发音在古日语里指的正是'蛇'。但实际上主人公遇到的'扭来扭去'却跟蛇一点都不像。说到这个，我就不得不提到另一个有名的网络怪谈'八尺大人'了。这个故事也一样发生在乡下，说的是主人公被穿着白色连衣裙，身高两米四的女人袭击的事件。一听名字就知道这个怪物很高，也和'扭来扭去'一样是白色，我就在想该不会'八尺大人'也是某种蛇妖，说不定这两个故事还是同一个人写的——"

我突然回过神来，发现自己不知不觉间喋喋不休地说了一堆。

犯什么毛病啊？我明显说太多了吧。正当我以为气氛陷入冷场时，鸟子突然停了下来。

"……空鱼。"

"抱……抱歉。"

听到鸟子压低的声音，我条件反射地道起了歉。

"不是要你道歉，你看那里……"

她指了指前面。

"呜哇。"

我顺着鸟子手指的方向看去，不禁叫出了声。

就在我们面前约五米远的地方，躺着一个状似人形的东西，挡住了我们的去路。因为被草遮住了，直到走近我们才察觉到。

尽管我们离它很近，但那东西仍然一动不动。

我战战兢兢地望过去。那看上去像是一个穿着白衬衫的男人，已经死了……吧？男人保持着手臂悬空的姿势，肘部弯曲，手伸向自己的脸。皮肤已经发白变色。他的腿非常随意地瘫在路旁，和双手形成了鲜明的对比。而他的脸湮没在草丛中，看不真切。

"……靠近的话不会扑过来吧？"

我想开个玩笑缓解紧张，但话一出口就后悔了。脑海中浮现出干尸从地上爬起来的逼真画面。

鸟子慢慢踏出一步。

"你……你要干吗？"

"只能调查了吧。"

我心惊胆战地靠近尸体，尸体没有动静。我一边想象着即将看到的恐怖画面，一边探头观察它埋在草丛中的脸。

"……这是什么？"

我的语气平静得出乎自己的意料。

我根本看不清男人的五官。他用双手捂住了脸，脸上长满了弯弯曲曲的透明凸起，从指缝间汹涌地往外冒。这些白色透明的凸起又细又长，顶部膨胀得圆圆的。有些又从顶部分出几支，长得更长了。每当风拂过草原，这些既像纤细的玻璃工艺品，又像菌丝的东西便随之微颤，流光溢彩。

"长这样的，我还是第一次见。"

鸟子困惑地喃喃自语。

眼前的场景实在是太不可思议了。尽管感到恐怖，我还是忍不住目不转睛地观察了起来。这些透明的凸起有点像尸体上长出的蘑菇，但似乎并不是长在脸的表面，而是从颅内钻破皮肤生长出来的。透过尸体发白的嘴唇能看到透明的牙齿，像复杂的拼图一样咬合在一起。假如人的头骨变得畸形，肆意疯长的话，大概就会变成这副样子吧。

突然间，我发现了一个令人毛骨悚然的事实。男人的手不只是捂着脸，他的指尖已经深深地扎进了眼窝。

"嗯？怎么回事，有股臭味。"

鸟子动了动鼻子。过了一会儿，我也闻到了。不知从什么地方飘来了鱼的腥臭味——

我们两个人同时停下了动作，陷入沉默。

风停了。四周一片死寂，嗡嗡的耳鸣声振动着鼓膜。

我小心翼翼地抬起头，面前摇摇晃晃地升起了一个白影。

仿佛炎炎夏日里，与透过地面蒸腾的热气看到的，在路上疯狂扭动着的人影如出一辙。

"扭来扭去"出现了……

5

"呜……"

一阵晕眩袭来，我连忙垂下眼睛。

我用余光偷偷瞟着"扭来扭去"，试图辨认它的模样。这个细长摇晃的人形剪影和蛇果然大不相同，看上去就像几块圆润的物体用细丝连了起来。但每当我试图凝神注视它时，恶心不适的感觉便涌上喉头。

"果……果然很难受啊。"

耳边传来鸟子痛苦的声音，所以我都说了……

"你没……没事吧？我觉得还是逃跑比较好。"

"不不不，我们正是为此而来的，只能上了。"

她摸索了一阵，从托特包里拿出岩盐块。

"嘿。"

伴着无力的吆喝声，鸟子扔出了它。

落点非常精准，岩盐块漂亮地投中了目标，然后——

什么也没发生。

盐块啪地一声掉在地上。不知是被弹开了，还是直接穿过去了。

"鸟子同学。"

"……"

"鸟子同学？"

"……咦？"

"咦什么咦啊！这不是压根没奏效吗？！"

"啊——真是的。没办法了，事已至此——"

鸟子从包里拽出枪，摆出了射击的姿势。

哎？哎？我还没准备好，巨大的枪声就贯穿了鼓膜。

"呀啊！"

鸟子没理会缩着脖子的我，不断扣动着扳机。枪声直入天际，几秒后，从远处的山谷传来了回声。这女人开枪时一点犹豫也没有，到底是何方神圣。

开了好几枪后，鸟子停下来，歪着头。

"咦？"

"慢着？！"

"扭来扭去"的样子没有半点变化，也看不出到底有没有被枪击中。鸟子的射击姿势十分标准，应该不会出现很大的失误，但这像烟一般难以捉摸的白影仍在一扭一扭地舞动着。

"不是，我怎么觉得它的动作好像变慢了？"

"骗人——完全没有变啊！枪对它没用吧。"

"再……再多打几枪试试——"

她刚一开口，我突然感到一阵强烈的头晕目眩。

"呜——"

我站立不稳，跪倒在地。鸟子也一样。她拿着枪的手垂到了地面，痛苦地紧闭着眼睛。

只要稍稍把视线对准扭来扭去的怪物，就会产生这种奇妙的感觉。仿佛有某个答案呼之欲出，又仿佛知道了答案就会招致可怕的后果。我低下头对鸟子说：

"能动吗？"

"……不行，我腿软了。空鱼你呢？"

"好像动不了。"

"啊，完了，都怪我。这样下去我们会怎么样？"

"不知道，怎么想都不像是能平安回去的样子。"

我们蜷伏在地上，感觉到"扭来扭去"的气息越来越近。

糟糕。糟糕糟糕。怎么办。

"鸟……鸟子，现状！先确认我们现在的状况！"

这本是我为了抑制自己的恐慌而说的话，鸟子的回答却非常迅速。

"OK。现状：站不起来、跑不掉、头非常晕、岩盐和枪都没用。然后呢？"

没想到她冷静地总结了现在的局面，我也没那么慌了。我吞了吞口水，答道：

"然后就是，看了它脑子会出问题……好像不是很 OK 啊。"

"'出问题'指的是什么样的问题？"

"什么样的……就好像下一秒马上要想通些不能多想的东

西了？”

"到底是什么？说具体一点，我听不懂。"

"能别强人所难吗？！就是因为不能多想，所以没法具体说……"

我突然灵光一现。在第一次遇到这个怪物，濒临精神失常时，自己仿佛抓到了点头绪。

"鸟子，虽然只是我的推测，但如果我们不移开目光一直盯着它，可能还有机会。"

"你是认真的吗？"

"我们成功击退过它一次，当时我的精神状态比现在更糟。如果能再现那个状态，说不定还能做到一样的事。"

"你不是说脑子会出问题吗？"

"或许这是一个必要条件，让我们的波长达到一致。要想狩猎'里侧'的生物，就要去适应'里侧'的法则和规律。"

鸟子沉默了半晌，好像下定了决心。

"知道了，我和你一起。"

"不行。你不要看，我来看就好。"

"为什么？"

"如果两个人都精神失常，就回不去了。假如我真的到了快不行的时候……拜托你想想办法。"

对于我荒唐的要求，鸟子毫不犹豫地应承下来。

"OK，我会想办法的。"

"……谢谢，那就交给你了。"

说着，我抬起头，直钩钩地盯着"扭来扭去"。

"呜！咕……"

形状诡异的人影来得比我料想的更快，瞬间映入眼帘。我的大脑中央就像被打了一拳，与此同时，那种"接近理解边缘"的感觉骤然高涨。

"好难受，要吐出来了……呕……"

正呻吟、干呕着，突然，滔滔不绝的话语不受控制地从我口中倾泻而出。

"唔……唔……我……我弟弟告诉我的，那里草木茂盛，穿着纯白的衣服的一个人、一个人、一个人在那种地方做什么呢？关节非、非、非、非常不自然地扭曲着，哥哥现在、现在、现在，也、也、也、也、也——"

"空、空鱼？"

"太阳升起，马、马上就是正午，接二连三的风，温暖的风吹来了哦。已经不是哥哥的声音了，有东西在我身后突然沸腾，没错，光着的脚踩在榻榻米上发出沙沙声，非常高的灰色的海——"

我已经没空理会自己嘴里接连吐出的胡话了。我的视线无法从"扭来扭去"身上移开，就好像眼球被紧紧抓住，固定在它身上了一样。还差一点，还差一点就知道答案了——

我的眼前开始闪闪发光，蓝色从视野边缘像流淌的墨水一样向内侵蚀。眼前的世界变得扭曲，仿佛隔着一层水幕。向左，向右，不住摇荡着。我朦朦胧胧地意识到，自己的身体发生了某种变化，而后我明白了，刚才那具尸体上面长着的透明异物，正从自己的脸上不停地冒出来。

透明的凸起扭动着，从我大张着试图尖叫的嘴里生长出来。我的牙齿打着战，逐渐变得柔软。我的理智一口气被卷向远处——

——我终于知道答案了。

摇晃不定的视野中映出了"扭来扭去"，它就像在我脸上长出的凸起的表面滑行一样晃来晃去，和仰望蓝天时，视网膜上出现的浮游生物如出一辙。换言之，我们一直以为"扭来扭去"就站在那里，其实并不是。正如浮游生物是眼球里的白血球在天幕的投影一样，"扭来扭去"实际上也是别的东西在我与世界间的某种介质上的投影。这些介质和我脸上冒出的异物连在一起。

接着我想通了。第一次遇到"扭来扭去"时，鸟子扔出的岩盐块之所以能击退它，是因为我当时"认知"到了那个投影处"扭来扭去"的存在。正因为我看到了它，有了"认知"，岩盐才得以命中。如果没有"认知"，那个地方便空无一物！

"我知道了！我知道了！我知道了！我知道了！！"

我一个劲儿地号叫，停也停不下来。只是不断地尖声叫着"我知道了"。

突然间，脸上传来一阵疼痛，像被打了一巴掌。是鸟子，她正用刚刚拿着枪的那只手不停地扯下我脸上长出的透明异物。碰到那些东西，她的手指也被感染，变得透明而扭曲，但鸟子好像并不介意。

——什么嘛，这家伙比我想的要好多了。

我凝视着她的脸，事不关己地想着。少女的表情因为拼命的动作而变形，但看上去依然非常美丽。她好像有些不耐烦了，双手抓住我的脑袋大声怒吼道：

"你知道的过头了，空鱼！快给我回来！"

听到这句话，我的神志清楚了些许。

没错——走得太远就回不来了。

我好像在做梦，梦中的我缓慢地移动着身体，从包里取出枪，摆好射击姿势……不行，准星在不住地游移，手使不上力气。该听鸟子的话先练习一番的。我深吸一口气，大喊道：

"鸟子！开枪！对准'扭来扭去'，射它！"

我们四目相对，她重重地点了点头，放开我的脸，转身的瞬间枪口也对准了白色人影。

扣下扳机。

冰冷的枪声和灼热的子弹一齐从枪口迸出，击中了在我和世界间"扭来扭去"投影出的膜状介质，随即膜状介质四处飞散开来。

声音和热量在绽开的一瞬间又迅速坍缩。

"那层膜"变得硬邦邦的，像折纸一样叠得越来越小、越来越小……最后变成小小的一块，掉落在地面上。"扭来扭去"也随之消失了。

"哈、哈。"

我喘着粗气，把枪丢到一边。

我猛地用手摸了摸脸，那些从脸上和嘴里疯长出来的透明物体已经不见了。气喘吁吁的我茫然地瘫坐在地，与鸟子面面相觑。鸟子的手也已经恢复正常，我松了口气。

直到这时，我们才开始感到极度的后怕。

"呜哇——！！"

"哇啊啊啊——？！"

两人同时发出大叫，用不听使唤的脚站了起来。在我慌慌张张捡枪的时候，鸟子连滚带爬地冲向"扭来扭去"消失的地方，趴在地上寻找。

"有了！"

鸟子欢叫着跳起来，手里拿着的镜石反射出星星点点的阳光。那是叠成六面体的介质膜。

然后我们不约而同地转过身，以百米冲刺的速度离开了现场。

地平线的尽头，天空已经被染成了紫色。暮色渐深。

我和鸟子上气不接下气地在草原上奔跑，草浪随风起伏，沙沙作响。眼看已经跑得老远了，我们再也压抑不住嘴边的笑意。

"好可怕！超——可怕的！"鸟子喊道，"但我们做到了，狩猎'扭来扭去'，我们做到了，空鱼！"

"真——是疯了！你饶了我吧！"

我想起少不经事的时候，自己也是这样在外头玩到筋疲力尽了才离开染上暮色的原野，跑回家去。

鸟子和我边跑边笑，声嘶力竭地笑，发疯似的笑，像小孩子似的笑。

笑得眼泪都出来了。

幸好我还活着，幸好我没有发疯。

我感慨万千。这时，鸟子突然说："空鱼，我们回去之后去开庆功宴吧！"

"啊？！"

我吓了一跳，反问她。鸟子欢快地继续说："反正也赚钱了，去开庆功宴嘛！我还没开过呢。"

原来你没开过啊。

"……那好吧。"

"太棒啦！"

我曾想独占这片原野。尽管后来发现它比我最初想象得更恐怖、更诡异，但那时的我仍然没有放弃。

但现在我开始觉得，和这个怪女人分享"里世界"的乐趣，好像也没什么不好的。

Otherside Picnic

档案2
"八尺大人"绝境求生

1

在一栋老旧的教学楼的楼梯口背面，一个昏暗的角落里，我被抵在墙上。

外面淅淅沥沥地下着雨。仁科鸟子双手撑着墙，凝视着我的眼睛。身后的光线让她的金发微微发亮。

下午的课已经开始了，附近空无一人。从不远处的教室里传出了学生一遍遍朗诵中文的声音。

我本来也应该坐在那个教室里的。

"等……"

"别动。"

鸟子一脸凝重地伸手勾起我的下巴，把我的脸扳向左边。她凑得越来越近，鼻尖都快要碰上来了。

什么、什么、什么？这家伙怎么回事，莫非她想咬我？

假如我也和鸟子一样是强势又强硬的女人，这种时候可能会推开对方甚至揍她一顿。可惜自己实际上只是个小心谨慎的女大学生，光是积攒力气就需要时间，目前挥拳进度条才慢吞吞地走到百分之六十的地方。脑海中浮现出"正在进行心理准备，请稍候……"的系统消息框，我背靠着冰冷的墙壁束手无策，这时鸟子突然开口。

"超漂亮的。"

"啊……？！突、突然说什么呢……"

我大为震惊，顿时慌了手脚。鸟子举起手机咔嚓一声拍了张照。

"快看这个。"

递过来的手机屏幕上是皱眉盯着镜头的我。

照片里的瞳孔看起来有些奇怪。

"空鱼你的右眼，好蓝啊。"

正如鸟子所言，那不是一般的蓝。它不像动物身上的蓝色，而更像人造物，或是某种矿石——宛如琉球玻璃般的深蓝色。

什么时候变成这样的——？

当我还没反应过来，茫然地呆立着时，鸟子又把她的左手伸到了我跟前，就像在炫耀刚做的美甲，又像一个等待吻手礼的贵妇人。

正确答案看来更接近前者，她左手的指尖全变得透明了。形状精致的指甲和指甲下的血肉，就像冬日里通透澄净的天空。简直像溶进了空气中一般。

"这是什么，怎么弄的？！"

听到我的询问，鸟子不耐烦地摇了摇头。

"我自己怎么可能把自己弄成这样。绝对是因为那个啦，'扭来扭去'！"

在与这个世界截然不同的另一个世界——"里侧"。我们俩在那里遇到了名叫"扭来扭去"的诡异生物，并干掉了它，活着回来了。这件事就发生在三天前。

我的右眼之所以会变异，大概是当时一直盯着"扭来扭去"的缘故。毕竟那可是光看着就能让人类身体发生畸变的怪物。鸟子的左手……则是因为直接空手扯下了我脸上长出来的菌丝状物质吧。她是为了救我，这么一想我不禁有些内疚。

"去让专家看看吧。"

"我有个熟人对'里世界'很感兴趣，正在进行相关的研究。"思考了一会儿，鸟子说道。

"欸？"

"其实那块镜石——怪物身上掉下来的那个东西，就是她问我要的。反正我本来就打算把石头送过去，要不我们一起去吧？"

听着鸟子说的话，我渐渐蹙起了眉头。"里侧"的研究者？想要"扭来扭去"身上的怪石头？

怎么听都不像是个正常人，真不是什么邪教组织吗？

"空鱼，干吗摆出奇怪的表情？"

"那个，说实话，听起来超可疑的。鸟子你没被勒索金钱之类的吧？"

"不如说勒索的那个人是我才对。从'里世界'捡些奇怪的东西拿到人家那里兜售，狂薅羊毛。"

鸟子笑着做出一个揪扯的动作，但我的眉头却皱得越来越紧了。

"你不去吗？"

"……好吧，我也去。"

我不情愿地答道。要是鸟子被什么人骗了，见死不救会做噩梦的。但假如她们是一伙的，我们的友情也就到此为止了。以防万一，我决定先让"挥拳进度条"保持在百分之六十。

"太好啦！不用担心，这对空鱼来说也不是坏事，能赚到一大笔钱哦！"

……还是百分之七十吧。

2

冒着雨，鸟子带我来到了离西武池袋线石神井公园站不远的某个高档小区。

这是一栋被高高的砖墙所环绕着的三层住宅。整栋房子长满了爬山虎，弥漫着异样的氛围。

——这房子绝对被附近的小孩叫作鬼屋。

打开大门，水泥地上铺着陈旧的瓷砖，门口整整齐齐地摆着一双crocs（卡骆驰）的洞洞鞋，没有其他的鞋子。

一走进屋里，四周的温度顿时降了好几度。顺着玄关的台阶向内望去，只见一条幽暗的走廊向前延伸，看不真切。我凝神细看，走廊尽头飘过一个悠悠的白影。

"噫！"

我好不容易抑制住抓紧身旁鸟子的冲动，幸好对方好像并没有注意到。她踮起脚，对着走廊深处大喊。

"我来啦——"

"好吵啊，知道了，快进来。"

从那一头传来冷淡的女声。

鸟子毫不客气地脱下靴子进了屋，大步流星地向走廊深处走去。我连忙跟在后面。不知有多少年没进过别人家了。

到了走廊尽头，打开左侧的门，是一个昏暗杂乱的房间。无数液晶屏幕陈列在桌上，桌子前是一名……少女？她盘着腿，歪歪扭扭地坐着，手里抱着一个大马克杯，上面印有托芙·扬松[1]的画。隐隐飘来一股甜香，好像是热可乐。

沐浴在多重显示屏的亮光下，少女看上去像蜉蝣一样苍白，就连不加打理的蓬乱长发也是白色的。她穿着肥大的 T 恤和紧身短裤，光着脚。她到底几岁呢？虽然外表与小学生无异，但少女的眼睛里没有半点小孩子的天真无邪。

鸟子见怪不怪地走进了房间。明明走廊和玄关什么也没有，就像无人居住的空房，但唯独这个房间里却堆满了书以及垃圾杂物。我

1　托芙·扬松（Tove Jansson，1914—2001），出生于芬兰首都，世界著名奇幻文学大师。

小心翼翼地跟着鸟子，生怕把这一堆东西弄倒了。封面上画有小动物图案的电脑相关书籍堆积如山，山顶上又垒着些成功学鸡汤，像BOOKOFF[1] 打折抛售时买回来的。书山旁，发黄的地方史小册子和有关现代建筑的专业书籍混在一起。不规则的多面体模型和形状奇特的纸飞机从天花板上垂下，这是哪门子的专家？

看到我，少女挑起眉。

"那是谁？"

"空鱼，她是我朋友。"

"你有朋友？"

听了鸟子的回答，少女怀疑地眯起眼睛。

"花多少钱买的？"

"不是买的啦，免费的！"

鸟子噘起嘴回了一句，谁免费啊？

她拿开沙发上的书，一屁股坐了下去，然后拍拍自己身边的位置看向我。

"空鱼也坐下吧，不用客气。"

"你在自顾自说些什么啊，这是我家好吧。"

"呃……"

看到我犹豫不决的样子，鸟子终于记起她还没介绍我们认识。

1　日本最大的二手书连锁店。

"这位就是我刚才说的那个熟人，她叫小樱，现在正在对'里世界'和认知科学进行研究……"

"等会儿，你说了我什么？"

名叫小樱的少女向鸟子投去不信任的目光。

"我跟她说过我认识一个很了解那个世界的人。"

"了解，吗……"

小樱用讽刺的口气重复道，向我草草地点了点头。

"你是叫小空鱼来着？请坐吧。"

我依言在鸟子身旁坐下。以防万一，我还在脑中演练着一拳把鸟子打飞后逃之夭夭的情形。

"你把她带到这里，意思是她也和'里世界'有牵扯咯？"

"嗯，我们在那边遇到的。"

"那可真可怜。"

小樱郑重其事地说，我不知该作何反应。她没有理睬我，转向鸟子。

"所以？"

鸟子把左手举到对方眼前。

"……干吗？想让我吻你的手背？"

"不是啦，你看看我的指尖。仔细看。"

小樱移动了一下视线，皱起眉头。

"呃，好恶心。这个不会传染吧。"

虽然这么说，但她的眼睛仍然紧盯着鸟子的手。

"不只是我这样，你看看空鱼的眼睛。"

"嗯？"

小樱骨碌碌地转过椅子的小脚轮，凑近注视着我的右眼。

"义眼？不是吗？哎——这是怎么回事？"

因为她仍然盯着我的眼睛，我也不得不正视着她的眼睛回答。

"啊，那个，我在'里侧'，啊，'里侧'是我自己随便起的名字而已，在那里……在那边遇到了那个，'扭来扭去'，你知道是什么吧？就是那个有名的网络怪谈，看到就会让人发疯的怪物，就那个，盯着看久了不知不觉间就变成这样了。那个……就是这样。"

脸好热，我感觉到自己的后背和腋下已经冒出了汗。

我记起来了——自己本来就是个超级怕生的人。一边看着初次见面的人的眼睛一边条理分明地说话，对我来说难度太高了。

小樱又盯着我看了半晌，突然撇开了目光。

"鸟子，你呢？"

"我是摸了扭来扭去之后变成这样的。其实也不是摸了它，而是摸了受到怪物影响的空鱼——"

鸟子向小樱讲述了她和我的相遇以及狩猎"扭来扭去"的来龙去脉。和我不同的是，她说的话简洁易懂，逻辑清晰。

——为什么我能和这家伙自然地进行对话呢？

看着她的侧脸，这个不可思议的想法突然占据了我的脑海。随后，小樱激动的声音把我拉了回来。

"所以你们俩不都是'第四类接触者'吗！竟敢连个招呼都不打就闯进那边，还和怪物亲密接触！"

"不是你叫我进去的嘛。"

"吵死了——笨蛋！"

"那个……你们说的'第四类'是什么意思？"

我诚惶诚恐地问道，小樱回答了我。

"此前曾出现过人类与'圆盘状飞行物'发生接触的事件。天文学家海内克把这些事件分为第一类接触、第二类接触和第三类接触。我觉得这个概念也适用于'里世界'，就改了一下拿过来用了。'第四类接触'指的是因为接触了'里世界'生物而对肉体造成影响的情况。"

冷冰冰的小樱突然连珠炮似的说了一堆，我被她的气势震慑住了。

"第一类接触只是目击，第二类是遭到入侵，第三类是与'里世界'的生物发生接触。与之接触的程度越深，越容易被'里世界'所魅惑，沉溺其中，也有人永远留在了那边……"

"就像冴月一样。"

鸟子喃喃自语。

小樱皱着眉头，没有说话。

"意思是？"

鸟子看着我，有些踌躇地开口。

"在'里世界'失踪的人，就是我的……朋友。"

听了她的答案，我想起来了。

鸟子一直在寻找某个人——寻找她的朋友。

3

"冴月一开始是我的搭档。"小樱一边小口喝着热可乐一边说，"我们是大学同学。后来她不知道从哪儿知道了'里世界'的存在，便强行把我拉进了她的'联合研究项目'中。"

——这么说来，眼前这个年龄不详的少女起码也是大学生往上的年纪了。

"那，小樱也去了那个'里世界'？"

"不，几乎没有亲自去过。甚至因为那边太危险了，我一直持回避态度，也阻止过冴月。就在那时，冴月告诉我她找到了一个活蹦乱跳的助手，她带来的就是鸟子。"

对上我的视线，鸟子开了口。

"冴月以前是我的家教。我之前从来没上过日本的高中，是通过高认[1]进的大学。我们因为课程辅导而认识，后来聊到学习以外的事——她告诉了我'里世界'的存在，我们便一起去探险……"

说到这里，她悲切地皱紧了眉头。

1　高等学校毕业程度认定试验，日本文部科学省为没有高中毕业的学生设置的考试制度，类似于国内的同等学力全国统考。

"大概在三个月以前，冴月突然失去了消息。我担心她在那边受伤了什么的，还自己过去找了好几次……"

"我说过，一个人去就是瞎胡闹。"小樱不爽地低声道。

"可是，我们是朋友啊，朋友有难怎么能不去帮她——对吧？"

鸟子理所当然地说。她的眼睛闪着光，充满了惊人的坚定决心，我不禁撇开了眼睛。

……家教兼挚友，吗？

不知为何，令人感到有些恼火。

我没有理会鸟子，向小樱搭话。

"小樱，所谓的'里世界'，到底是什么样的存在？"

我自然地说了出来。一生气就连舌头都捋直了，也有了些气势。干脆永远保持生气状态好了。

"你怎么想？"

小樱反问我。

"我吗……一开始我还以为那些都是自己产生的幻觉。在知道除了自己以外还有其他人能进入'里世界'之前，我内心深处一直这样怀疑着。"

"说得对，不可能好几个人都产生同一种幻觉。而且粘在鞋子上的'里世界'的泥土，回到'表世界'之后也还在。所以那个世界应该是真实存在的。"

小樱在桌子上找了个没有杂物的空隙，把马克杯塞了进去。她探出身子。

　　"看来，'里世界'发生的现象与人类的认知有着密切的联系。通过刚才鸟子的描述，可以推测那种名叫'扭来扭去'的怪物，其存在本身就依赖于接触者的主观认识。其实我也曾经怀疑过'里世界'到底是不是一个虚拟空间，但你们能把物品从那边带回来这件事，以及你们两个肉体上发生的变异都成了强有力的反证。再加上我至今为止从'里世界'收集到的物品中有几样——这么说不知道合不合适，但它们都是'现阶段科学无法解释'的东西。"

　　"这么说来……听说是你煽动鸟子去'多拿几块那种石头'的？"

　　"啊，差点忘了。鸟子，你带过来了吗？"

　　"嗯。"

　　鸟子从托特包里拿出一个保鲜盒，小樱戴上一次性橡胶手套，慎重地打开盖子，取出里面的东西。

　　是那块镜石，击退"扭来扭去"时留在现场的神秘物质。立方体的表面磨得光光的，清晰地映出室内的景象，当然除了我们三个。镜石在昏暗的房间里散发出微弱的银光。

　　"比上一个大啊。"

　　"对吧，我们可是费了一番力气呢。"

　　鸟子骄傲地挺起胸膛。麻烦你不要把那段恐怖经历轻易地概括成"费力"两个字好吗。

　　小樱打开桌子抽屉，随手拿出几沓现金。我瞪大了眼睛。

"辛苦你们了，要是有什么新发现再拿过来吧。"

"多谢惠顾——"

鸟子数也不数地把钱塞进包里，向我露齿一笑。这太不真实了，我哑口无言。

"所以，这块石头到底是什么东西？"

面对她的提问，小樱露出了苦恼的神情。

"我们先假定'扭来扭去'是通过人的视觉潜入人体当中的一种生物。'不知为妙'意味着认知、理解了它的本质之后你就插翅难逃了。"

鸟子歪了歪头。

"认知成功以后就可以打中它，这反而是它的弱点，不是吗？"

"或许理解也是分层次的。充分'理解'了的牺牲者们就会失去行动能力或者理智。还好你们有两个人，一个人负责'认知'它，另一个人负责攻击它。"

我的脑海里闪过那具尸体的模样，被"扭来扭去"杀死的不知名男性双手手指深深扎进眼窝。现在我知道了——他一定是意识到"扭来扭去"存在于自己的视野中，所以才戳烂了自己的眼球。尽管做出了那样的牺牲，他还是没能活下来……

"当'扭来扭去'潜入某个人的认知当中时，它与人类之间就产生了一个相接触的界面。而在'扭来扭去'来到小空鱼的界面上时，鸟子开枪打中了它，界面遭到了破坏，也可能是发生了硬化或结晶化。也就是说，这块石头可能是小空鱼的'认知界面'实体化形成的。"

小樱用两根手指捏住镜石，举到与视线持平的地方。

"我的界面？"

"就好像热牛奶时表面上形成的那层膜一样的东西。"

我一头雾水，鸟子在我旁边发表着一些不痛不痒的感想。

"为什么照不出活人？因为空鱼讨厌人类吗？"

我忍不住瞪了她一眼，鸟子摆出无辜的表情。而小樱严肃地答道："不能排除这种可能性，又或许这块镜石实际上以某种形式映射出了'扭来扭去'眼中的世界。"

结果，最终还是不知道怎么治好我的眼睛和鸟子的手。虽然问过了小樱，但对方表示"不要要求认知科学家给你们看病"并毫不犹豫地抛弃了我们。

走出宅邸时，外面的雨还没有停。我们在屋檐下穿好鞋子。

突然，一叠一万日元的钞票递到我跟前。

我抬起头，鸟子微笑着，手里拿着一叠拆了纸带的万元大钞。阴云密布的天空下，金发美人向我奉上巨款——这从未见过的场景视觉冲击力实在太强，我不禁呆怔了一下。

"对半分，每人五十万日元，可以吗？"

"……嗯。"

我伸手接过。是钱，好多钱。太厉害了。

"这样一来你也有钱修手机了吧。"

"欸？啊，嗯。"

我的脑子里第一个浮现出来的其实是助学贷款。

"我还没好好向你道谢呢。谢谢你，空鱼。"

"不，我才要……"我支支吾吾地说。

"下次我们什么时候去？"

"什么时候都……等……不，慢着。"

我终于从万元大钞的冲击中走了出来。

"现在不是什么问题都还没解决吗？我的眼睛，还有鸟子的手。我觉得再深入询问一番比较好。"

"小樱说不知道那就是不知道，知道的话她肯定会告诉我们的。"

"我们能相信她吗？"

"能，因为冴月也相信她。"鸟子断言道。

"……你和那个叫冴月的女生，关系可真好。"

"嗯，冴月是我最重要的人。她在那边遇难的话，我一定得去救她……"

我不知该说些什么。她口中的"冴月"说不定已经丧命于"里世界"的某个角落——就像那具自戮双目的尸体一样。这一点鸟子不可能没想到。

对着踌躇不言的我，鸟子的笑容有些寂寥。

"说实话，我之前一直很害怕。冴月也曾经告诫过我不要一个人过去——所以能在那边遇到空鱼，我真的好开心！"

"嗯？"

"打倒'扭来扭去'的时候我就想到了。虽然一个人很难，但如果和空鱼你一起，说不定我就能找到她。"

"啊？"

这家伙在说些什么呢。

"你不是也需要钱吗？把在'里世界'捡到的怪东西拿给小樱的话，就能像今天一样拿到一大笔钱。啊，当然我也需要钱，所以我们一人一半。是桩好生意吧？双赢哦。"

"……"

我无言以对，呆立在原地。

这么说来，鸟子只是为了方便搜寻那个叫冴月的人才把我找来的？只是因为一个人在"里世界"晃来晃去心里没底？

强烈的愤怒涌上心头。

行了，我懂了。

既然你是这么想的，那就赶紧把冴月找出来吧。这样一来我也能甩掉这个包袱了，你们俩相亲相爱去吧。

"……好啊。"

"就知道你会答应我的！"

鸟子并不知道我此刻的感受，开心地笑了起来。

三天后的早上十点多，我正在神保町的书店"书泉GRANDE"一楼浏览各个文库的新书，鸟子姗姗来迟。

"等很久了吗？"

"十五分钟。"

"这种时候不应该说'我也刚来'吗？"

"你以为是在约会？"

我不为所动地说道，径直出了书店，鸟子也跟了出来。外面依然下着雨，但我们俩没有撑伞，今天我穿的是不怕被打湿的衣服。鸟子和我的打扮都与相遇的那天一模一样。我穿着优衣库的羊绒外套、迷彩长裤和运动鞋，鸟子则身着军装外套加牛仔裤，脚上是一双绑带皮靴。

"空鱼，你把枪带过来了吗？"

她若无其事地问道。我心里一慌，幸好四周没人注意到我们，但我回答时还是压低了声音。

"……带过来了，姑且。"

我们在一家销售野战游戏装备的专卖店里买了枪套，把马卡洛夫手枪包起来放进腰包里。在店员的推荐下，买的是绑在大腿上的快拔枪套。

我们走进那栋摇摇欲坠的高层商住大楼，进入电梯。趁鸟子操作楼层按钮的时候，我也暗自把顺序记了下来。四、二、六、二、十、五。到了五楼，那个看不见脸的女人再次从走廊冲过来想乘电梯。我心生惧意，忙垂下眼睛。一、三、八、二、七、十……不知不觉间，显示屏上的数字变成了读不懂的符号，终于，电梯在屋顶停下了，没有出现上次一片漆黑的楼层。

门打开了，湿润的风涌了进来，鸟子和我走出电梯来到屋顶上。

"里世界"是阴天。天空有些昏暗，但没有下雨。站在屋顶上四下环顾，只见云影在起伏的草原上流动，远山顶端的云朵四四方方的，像是一块块倾吐着暴雨的马赛克，时不时还迸出几道闪电。我在"里世界"第一次看到这种剧烈的天气现象，却听不到一点雷声，十分古怪。只有野草随风摇曳的沙沙声传入耳畔。我把目光投向山脚，一瞬间似乎有个三角形物体在树枝间移动。但距离太远了，看不真切。

我们从仅剩骨架的大楼楼顶，顺着吱呀作响的铁梯子下到地面。检查身上的装备，绑腿枪套里马卡洛夫手枪的重量让我有了点安全感。无论如何，子弹对"扭来扭去"能奏效这件事的意义非同一般。"如果它能流血，我们就能杀了它[1]"——达奇上校如是说……虽然"扭来扭去"并不会流血就是了。

有了上一次的经验，我还准备了登山用的手套，在池袋西武百货

---

[1] 出自1987年阿诺德·施瓦辛格主演的经典科幻动作电影《铁血战士》。

的体育用品店买的。鸟子也戴着，她的那双在手背处有耐磨的衬垫，好像叫战术手套。

万事俱备，我站起身问道："接下来怎么办？我们去哪里找冴月？"

"北边和东边我去了好几次，都没有找到。向西走的时候就遇到空鱼了，那一片你应该比我熟悉，附近有什么人的踪迹吗？"

"虽然我当时没怎么注意看，但那一片都是湿地。还有吗？那个叫冴月的女生可能会去的地方。"

"她不是那种会把计划告诉别人的人……"

听到鸟子不靠谱的回答，我有些烦躁。

"那就由我来决定？从屋顶上往下看时，我看到西南方向有栋像废弃大楼一样的建筑物。反正也没去过，不如过去看看？你朋友如果受伤动不了的话，可能会躲在有遮蔽的地方。"

"知道了。"

鸟子老老实实地点了点头。

这一次，我们没有走骨架大楼前面那条东西走向的小道，而是直接踏进了草原。

从屋顶看时感觉离得很近，实际上走起来却并非如此。前方那栋白色的废弃大楼始终那么遥远，我们默默前进着，时而看看罗盘确认方位。指针似乎被什么东西干扰着，偶尔会震动起来，连转好几圈后才指向"北"边。这微妙的变化有些诡异。

"空鱼，你是不是生气了？"走在我身后的鸟子突然发问，"我不喜欢拐弯抹角的，要是有事你就直说吧。"

"没什么，只是没想到你竟然一点主意都没有。"

"什么意思？"

"说要去救朋友，决心倒是挺坚定的，却连个具体的行动方案都没好好考虑过。"

听到我这么说，鸟子的声音听上去有些无奈。

"你要这么说可就有点过分了。虽然我知道不能着急，但一想到冴月可能遇到了危险，我就坐立难安。"

"这样啊，你可真上心。"

"因为我只有冴月一个朋友。"

"原来如此，那就祝你早日找到她啦。"

鸟子沉默了一会儿。

"……喂，空鱼，你从刚才开始就不太对劲。"

"你指什么？"

"就是你那赌气一样的说话方式！能不能不要这么小孩子气了？"

我一股怒气直冲脑门，唰地转过身。

"我才想说——"

正在我打算反驳的时候。

"停下！"

突然传来一个男声，我僵住了。

离我们不足十米的草丛中，站着一个陌生的男人。他穿着迷彩服，外面还套着一件用枯草编成的厚外套，双手拿着一把巨大的枪，我在电影里看过，好像叫 AK……什么的？枪口对着地面，看来他没有要射击的意思。男人肤色黝黑，下巴上都是青色的胡茬，圆睁的双眼冒着精光。

"不许动！"

鸟子厉声喊道。只见她已经拔出枪，指着那个男人。男人停下了动作。他腾出右手，向鸟子亮出掌心让她停下。

"再往前走会死的，这里有变异点（glitch）。"

"变异点？什么东西？行了，快把枪放下。"

"不行。我可是救了你们的命，看着。"

他慢慢垂下右手，用手指从腰上的小包里掏出一个小螺丝钉。

"看清楚。"

男人重复了一遍，向我面前一米开外的地方扔出了螺丝钉。

咻嘭！从未听过的异响伴随着闪光袭来。我不禁闭上眼睛，脸颊感到一阵灼热。

当我再次心惊胆战地睁开眼后，不由得倒吸了一口凉气。螺丝钉在空中静止了。隔着滚滚热气，能看到烧红的金属在微微摇动。

"这是什么……"鸟子在后面小声说道。

就在我们眼前，螺丝钉的一端开始迅速发黑，瘪了下去。这不是金属燃烧该有的样子，更像是在划火柴。不一会儿，螺丝钉就完全燃烧殆尽，飘落在地。草丛中有一个直径约为六十厘米的圆形，在这个圆形里什么都没有，只覆盖着一层灰烬。

我面如土色，摇摇晃晃地后退了几步。要是我刚刚踏进了这片区域，现在恐怕已经……这时，一双柔软的手从后面托住了瘫软无力的我，是鸟子。

男人把 AK 背好，穿过草丛走了过来。

"这是'吐司炉（toaster）'。一旦踏进去，会被烧得连骨头都不剩，瞬间就能让你化为灰烬，想拿来烧个饭都不行。'区（zone）'里布满了这种危险的变异点。"

"变……变异点是什么？"

"一种危险的空间畸变现象，一个超自然陷阱。在这种能见度低的地方莽莽撞撞地前进可以说是自杀行为……也……"

说着说着，男人的口气突然变得含糊起来。

他瞳孔涣散，视线游移不定。

"美……美智子？"

"欸？"

这里还有其他人在吗？我回过头，视线所及只有一片草原。鸟子也戒备地盯着他。

"美智子，是你吗？你回来了吗？！为什么有两个……"

男人勃然失色，向我们逼近。我惊慌失措，挣扎着想要站起来。鸟子再次举起枪喝道："大叔你冷静一点！我要开枪了！"

突然被枪指着，男人马上站住了。他看起来很困惑，嘴里重复着。

"美智子……"

"我们不是美智子！大叔你给我看清楚一点！"

男人的眼神渐渐恢复了清醒。

"啊……抱歉，你们不是美智子。"

他摇晃了一下脑袋，长出一口气。

"刚刚脑子有点乱，现在没事了。"

"真的？"

"真的，把枪放下吧，我真的没事了。"

嘴上这么说着，相反的，男人脸上却浮现出失望的神色，看上去简直像要哭出来了一般。我们紧张地注视着他，只见他双手捂住自己的脸，发出长长的叹息。

等我站起来之后，鸟子才慢慢放下枪。

5

男人的名字叫作肋户。

据他所说，自己进入"里世界"是为了寻找失踪的妻子。

"抱歉，一直以来，我都在追寻着妻子的踪影。所以在看见你们的时候，不小心把你们错认成她了，真的非常抱歉。"

"哦……"

我有些诧异，真的只是"认错"这么简单吗？能同时把我和鸟子两人都看成自己的妻子，这难道不奇怪吗？

而且当他靠近时我才发现，这个大叔很臭。

本以为他肤色黝黑是被太阳晒的，仔细一看都是油垢，头发也已经发硬板结，不知道多长时间没洗澡了。

"您是什么时候来到这边的？"

"这一次已经在这边待了三十八天了。"

他的回答让我大吃一惊，鸟子似乎也十分意外，追问道："一直在这里生活？没回去吗？"

"偶尔会回去一次——需要补充物资的时候，其他时间我都在这里。回到那个没有妻子的世界，对我来说也毫无意义。"

"夫……夫人之前对您来说想必十分重要。"

我自以为说的话很圆滑，没想到还是失算了。肋户对我怒目而视，用充满愤怒的口气说："不是之前，她现在也很重要，今后也一样的重要！美智子还活着，她还在等着我去救她！"

"对、对不起……"

我吓得缩成一团，见状，肋户的脸色缓和了一些。

"不……抱歉，一不小心又上头了。对你发脾气也无济于事。"

我依然紧张地盯着他。这个男人在片刻间两次突然暴怒又突然道歉，精神状态明显很不稳定。虽然目前他还没有把枪口对准我们，但谁知道什么时候又会突然碰到他的逆鳞。

"美智子是我的新婚妻子。我们俩虽然是相亲认识的，但因为都很喜欢看电影，一拍即合，转眼间就确定了关系……"

明明没有人问，肋户却突然开始回忆他与妻子——也就是美智子——之间恋情的来龙去脉。

"那是我们结婚快要满一年的时候。一个夏夜，我下班回家，准备用啤酒配毛豆小酌一番，再和美智子看部电影。于是我回到自己的房间挑选电影，问客厅里的妻子想看什么……"

肋户的声音戛然而止。

"……没有人回答。我回到客厅，发现妻子消失了。我们居住的小公寓里没有任何可以藏人的地方，她也不像是出了门的样子。我离开客厅不过十秒钟，就在这短短十秒间，我的妻子失去了踪影，没有留下一点痕迹。她坐过的坐垫还有凹陷，残留着她的体温。桌上刚倒好第二杯啤酒。"

回想起令人悲痛的过去，男人的声音在颤抖。

"为了理解眼前的状况，我花了很长一段时间。在接受妻子失踪的事实后，我开始疯狂地寻找她的下落，却没有任何头绪和线索。我像落水者抓住最后一根稻草一样，去咨询各地的通灵人和萨满。其中一个人告诉我，美智子遇到了'神隐'。"

"神隐——"鸟子轻声说，向我投以询问的目光。

关于某个人毫无预兆便消失的民间传说并不少见。以前，日本把这种现象叫作"神隐"。据说这些人被带到了异世界，又或者误打误撞去了那里，从此再也没有回来。《远野物语》[1]中的寒户婆虽然回来过一次，但最终还是下落不明。到了 20 世纪七八十年代，被卷入"四次元空间"的说法也一度非常流行。

而在我对这些真实灵异事件产生兴趣、进行调查的过程中，有一件事让我耿耿于怀——关于"误入异世界"的民间故事和都市传说都在不断增加。在某个突如其来的瞬间，主人公踏入了与现实世界十分相似、却又有着微妙异样的地方，被违和感攫住的他，惊恐地逃了回来——近十年间，出现了许多类似的"亲身经历"。在过去还能将其理解为"故事"，但事到如今，我们不得不承认其中也含有一定的真实成分。

话虽如此，要不是亲眼见到了"里世界"，恐怕我还是难以信服……

"您相信这种说法吗？"

我小心翼翼地问道，肋户点了点头。

"我考虑了所有的可能性，被人诱拐、妻子不告而别、精神错乱等，但没有一种能说服自己。这样一来，就只有超自然现象这一个解释了。有什么东西把我的妻子带去了另一个未知的世界。我进行了各种各样的调查，搜寻神隐事件牺牲者们的去向，涉猎无数古代神话、民间故事和传说。我到处寻求去往异世界的方法，甚至拜可疑的萨满为师，断食、瀑布修行，什么都做了。最后，终于找到了这个'区'。"

1　《远野物语》是流传于日本岩手县远野乡的民间传说故事集。

他挥动手臂，向我们示意身边的环境。

"它的入口位于秩父山中一座荒废的神社，传闻有许多来这里试胆的年轻人都不知去向。我调查了各种记录确认流言的真伪，还找参加过试胆的人问话。就在实地调查期间，当我穿过鸟居的一刹那，我看到了宛如梦境一般枯草摇曳的草原。后来我又尝试了无数次，发现只要在特定时间以特定角度穿过鸟居，就能进入这片草原。"

听着肋户的讲述，我感到一阵没来由的恐惧。男人的口气非常平淡，但被他一语带过的调查实际上到底花费了多少时间和力气，简直难以想象。

肋户如梦初醒般地眨眨眼，惊讶地看向我们。

"话说回来……你们是什么人？为什么会在这里？"

"和你一样，我重要的朋友在这里失踪了。"

鸟子回答。男人恍然大悟地连连点头，眼眶有些湿润。

"原来如此——你们一定吃了不少苦吧。"

他大步走过来，抓住鸟子的手。我心里一惊。鸟子也没料到他会突然靠近，还没来得及做出反应。肋户热情地握着鸟子的手上下摇动，然后转向我。

"你们俩是为了救朋友过来的吧？"

"欸？！呃——嗯……"

我支支吾吾地说。他便自顾自地做出一副了然的样子，又重重地点点头。

"我懂我懂，你们一定坐立难安吧。我也是这样，重要的人突然消失了，却没人能理解自己，很难受吧。"

"嗯、嗯，算是吧。"

我不知该作何反应，我试图越过肋户的肩膀和鸟子交换一个眼神，没想到的是鸟子也和他一样泪眼盈眶。

慢着……你在感同身受些什么啊？！

我差点喊出声来，但仔细一想也不无道理。因为这个大叔和鸟子是站在同一立场上的。

——和我不一样。

肋户没有理会呆立着的我，向鸟子提议。

"你们好像对'区'还不熟悉，不介意的话我可以带你们走安全路线——"

"可以吗？"

"嗯，不能眼睁睁地看着你们撞上面前的变异点啊。"

"你听见了吗？太好啦，空鱼。"鸟子转过头，毫无顾虑地说。

我只能点头答应。

6

"前进的时候要时常向前面扔点东西探路。如果手里没有可以扔的，就用长棍戳一戳。"

肋户在最前面开路，一边走一边扔出螺丝钉。他腰上系着一个木匠和建筑工人常用的那种钉袋，里面装满了螺丝钉和螺母。

"这是一个充满死亡的世界。到处都是陷阱，我们却什么也看不到。"

他所言非虚。扔出去的螺丝或是在我们眼前被吹向高空，抑或化成黏糊糊的一滩，那些看不见的变异点——暴露了出来。

我和鸟子至今为止没有落入陷阱，真的只是因为运气好吗？

肋户给每种变异点都起了名字。从地底下冒出来的，长得像白色碎肉一样的圆锥形小块叫作"佛坛饭"，一旦接近就会发出刺耳的金属声，听上去很像牙医用的电钻。"雾网"则类似于用发丝编织成的攀登架，肉眼几乎看不见，扔出去的螺丝钉也会从网眼中穿过，要不是有羽毛状的东西挂在上面，很容易一不小心就撞上它。

像"吐司炉"那种特性已知的还是占少数，大多数时候我们只能感觉到变异点的存在，对其他情况一无所知。

"不过去确认一下吗？"

"如果不是挡在我们的必经之路上，还是绕过去更快些。因为我并不是为了研究'区'而来的。"

小樱应该会对这些东西感兴趣吧。每当新的变异点出现，我也总想停下脚步观察一番。但就算没有肋户的警告，变异点附近弥漫着的危险氛围也让人望而却步。

"这里可不是只有变异点。'区'里徘徊着各种古怪的生物，有些长得像畸形的动植物，还有一些非常恶心，看一眼就想吐。你们没遇到这些东西真是万幸。"

"哦哦……"

我模棱两可地笑了笑。如果这个人知道我和鸟子上次来是专门为了狩猎"扭来扭去"的，他会作何反应呢？

但一想到还有比"扭来扭去"更恶心的东西我就浑身发寒，下回还是好好练习一下射击比较好。

我们离要去的废弃大楼越来越近了。大楼的水泥墙面上布满了瘢痕，就像曾遭受过激烈的枪击一样，让人联想起发白的死珊瑚。

鸟子对走在前面的肋户说："那个，我应该一开始就问的，你在这里见过其他人吗？是一名个子很高的女性，留着黑色长发，戴眼镜，眼神很凶。"

她说的应该就是冴月吧。

"抱歉，我没什么头绪。本来在'区'里就几乎没遇到过其他人，即使遇到了，我也尽量不去接近。"

"为什么？"

"因为有可能是它们。"肋户悄声说，"它们存在于每一个角落，一直在监视着我们。它们窃听我们的电话，偷取我们的包裹，成群结队地纠缠、骚扰我们，在网上恶意发布流言。就算报警也无济于事，警局里也有它们安插的眼线。"

他忧心忡忡地接着说道："你们那边还安全吗？在车站月台

上时有没有被人从后面推过？门牌上有没有被涂鸦过一些莫名其妙的符号？它们披着人皮，隐藏在人类社会当中，即使去告发也没人相信……"

肋户自言自语地小声念叨着。鸟子转过头来，和我交换了一个眼神。我摇摇头，简直不知所云。

"那个……'它们'指的是谁啊？"

"就是这片'区'的居民。它们屡屡潜入我们的世界诱拐人类，美智子就是被它们抓走的！"

他的声音因为愤怒和憎恨而发抖。

这……这是。

我咽下嘴边的一声呻吟。

这不可理喻的猜疑心——我即使没有上过心理学课也察觉到了，肋户的精神很不正常。

一个情绪化、沉醉于阴谋论当中的拿着 AK 的男人。这……这很不妙，相当不妙。说不定什么时候他就会把我们当成"它们"，还是尽量不要刺激这个人为好……我正这么想着，鸟子就开口了。

"那你怎么知道我们两个不是'它们'呢？"

所以说不要提这个话题啊！

我背脊直冒冷汗，但肋户的反应十分平静。

"一开始我打算藏起来的，但走近之后发现你们俩看上去非常……像人类，不由得叫住了你们。"

"像人类？"

"你们那会儿正在争吵，对吧。据我所知，那些东西是不会做这种事的。它们没有人类的感情。"

我的心情十分复杂。也就是说，我之所以没被"吐司炉"烧死，其实是因为当时在跟鸟子吵架？

"听起来你好像见过'它们'的样子，难道你遇到过吗？"

鸟子问道，肋户重重地点了点头。

"没错。我在'区'的这段时间，有几次看到过人影似的东西。我还以为是美智子或者其他误入'区'的人，但走近一看都不是。那东西虽然有着人类的体型，却像棵树一样直直地杵着，一动不动，叫它也没有反应。就像做了一半的黏土人，也不知道它到底是什么……"

"那你在'区'的外面也见过'它们'吗？"

"都说了，在那个世界，它们会伪装成人类，躲在我们看不到的地方发出嗤嗤的嘲笑，等人类回过头看时又装作一副若无其事的样子。还在电车里踩别人的脚，瞪它时却反咬一口说对方是痴汉。甚至偷拍别人的视频传到网上……"

肋户的话戛然而止。

他停住脚步，朝地面俯下身子。

"又是变异点吗？"

"不……"

他回答道，仍然紧盯着地面没有起身。跟上来的我和鸟子面面相觑。

"看，是脚印。看得出来吗？"

我顺着肋户指着的地方看去，发现地面上有微微凹陷的痕迹。草的根部被折断了，看上去就像被什么棒状物压过一样。这是……足迹吗？

鸟子在肋户身旁蹲下，四肢着地，像狗一样贴近地面。

"是向着那栋建筑物去的。"

肋户自言自语道，他说的是我们要去的那栋废弃大楼。

"那个，鸟子，从这个脚印上能看出什么来吗？"

我从后面出声叫她，鸟子抬起头。

"不知道……但有可能是冴月，我们去看看吧！"

相对于她热切的反应，我有些犹豫不前。这些模糊的痕迹能说明什么呢？虽然这么想，但看着鸟子的样子，我又把话咽了回去。

"——是啊，要是能找到就好了。"

没想到自己的语气竟然如此冷淡，我感到有些不安。肋户站起身径自向前走去，没有对我们说一句话。在那一瞬间，我瞥见了他发直的双眼。

"美智子，你在那里吗？等着我，我马上来救你了……"

肋户口中一边念念有词地重复着妻子的名字，一边拨开草丛向前走去。鸟子也站起来，跟在他身后。

我看着鸟子的背影，有些心痛。

其实我心里清楚，迁怒于他人也无济于事。鸟子没有错，她只是拼了命想救自己重要的朋友而已。

是我自顾自地期待着他人的回应，自顾自地产生遭到背叛的心情——我也太没出息了。就因为自己冥冥中察觉到了这一点，而把气撒到了鸟子头上。

在孤独感与自我厌恶的煎熬中，我迈开脚步向鸟子的身后追去。

7

越接近那栋白色大楼，肋户的脚步就越快，最后几乎是跑了起来。刚才明明还那么慎重，现在却好像完全忘了变异点这回事。

鸟子跟在他的身后，我也气喘吁吁地追在后面。

一路上我心惊胆战，生怕前头的肋户突然燃烧起来或是被弹飞，落得个凄惨的死法。好在什么也没发生，我们毫发无伤地来到了建筑物跟前。

这栋三层高的废旧大楼又宽又长，莫名让人联想起学校的教学楼。大楼的入口处黑漆漆的，没有门。室内光线很暗，隐约能看见用细木头搭成的脚手架。

"快看！没有错，脚印一直通向屋里。"

肋户指着建筑物前光秃秃的地面叫道。地上掉满了剥落的墙皮，裸露的泥土上印着和刚才一模一样的凹印。正如男人所言，凹印向着建筑物的入口处延伸而去。但当我仔细观察这个清晰的足印时，一阵强烈的违和感袭上心头。

这不是脚的形状，而是一个直径约三十厘米的圆形，上面有些凸出的纹样，就像高级印章常用的字体。相邻两个脚印的间隔将近两米。

不对，这绝不是脚印。最起码不是人的脚印！

"喂，我说，鸟子。"

我试图叫住鸟子，但就在我停下脚步的这段时间，她已经跟着肋户从入口钻了进去。强烈的不安驱使着我追了上去。

踏进废弃大楼后过了一会儿，我的眼睛才适应周围的黑暗。

我看到鸟子和肋户就站在门口。大楼内部每层都没有地板，是完全贯通的。几条淡淡的光带透过窗户射进来，照出了一个伫立在房间中央的人影。

是女人。

女人的个子很高——非常高，足足超过两米，穿着长长的白色连衣裙。她背朝着我们，垂下一头如瀑的黑发。

我的脑海里浮现出了一个名字——八尺大人。这种妖怪身长八尺，也就是二百四十厘米，以女人的姿态出现并袭击年轻男性。和"扭来扭去"一样，是一个知名的网络怪谈。

"……冴月？"

听到鸟子的喃喃自语，我有些怀疑自己的耳朵。

"欸……这个高高大大的，就是你的朋友？！"

"不是——应该不是，但，总觉得……有一种很怀念的感觉。"鸟子没有回头，答道。

……怀念？

我没想到鸟子会这么说，感到十分疑惑，我小心翼翼地把目光再次投向站在房间中央的女人。我们冲进来的动静这么大，她不可能注意不到。但她仍然一动不动，背朝着我们站着。

"高得出奇的女人"自古以来就是一个标准的妖怪模板。比如《远野物语》中出现的山女，就兼具了"高大"和"极长的黑发"这两个特征，长长的黑发也是妖怪的典型标志……

我凝视着她，逐渐明白了鸟子话中的含义。这个女人看上去非常诡异，但自己的心口却逐渐产生了一种被揪住的感觉。泫然欲泣的悲切，和久别重逢的激昂交织在一起。

我伸手擦掉眼眶中不自觉涌出的泪水，发现了一件更加奇怪的事。在那个瞬间，女人消失了，取而代之的是另一个物体。像是一个用细长的柱子搭成的框架……这么说似乎不太准确。我试图把视线聚焦在那个物体上，但没有成功。无论我眨多少次眼睛，最终它总会和那个女人重叠起来。

"……鸟子，那个框一样的东西是什么？"

"什么框？"

"在那个女人站着的地方，还有别的东西不是吗？"

鸟子沉默了一会儿，慢慢摇了摇头。

"我什么也没看到。"

我感到困惑，自己明明看得那么清楚？

这个物体带着一层重影，它是由两根笔直的柱子支撑起来的，底部悬浮在离地面不远的地方，上面交叉着几根歪斜的横棒。从整体上看，就像一个没站稳的圆规或变形的鸟居。我的脑海中闪过以前读的一篇怪谈，发出金属声、冒着白光在山坡上来回走动的兵库"圆规人"……以及有不少人见过的，深夜里在光秃秃的山上来来去去颠倒的鸟居……

鸟居状物体的边缘泛着淡淡的荧光，看起来就像手法拙劣的合成图，非常不自然。银色的光晕和在小樱家看见的镜石很像。

我正想问鸟子能不能看见这道银光时，只见在我前面那两个人的背影猛地一震。

下一刻，我也发现了。

房间中央的女人，正慢慢转向我们。

黑发微微一荡，高处的那颗头颅向左缓缓转动。转到不能再转了，她停下了动作。从背后看去，女人的侧脸被帘子似的黑发挡得严严实实，不知道她是不是在看着我们。

接下来是肩膀。连衣裙的左肩向这边转动，女人长长的上半身也随之扭曲。与此同时，那挥之不去的怀念感更加强烈地向我袭来。

——想回家。想回去。想和那个人相见。

胸口堵得紧紧的，让人几乎要呜咽出声，尽管我并不知道自己想归往何处，"那个人"又是谁。明明没有宣泄的对象，感情却不自觉地高涨起来。

随着女人转身，带着重影的鸟居状物体也同时开始旋转起来。它用一边的柱子撑住地面，并以此为支点慢慢开始转动。这时，不知从哪儿传来了"啵"的一声，就像吐出了一个气泡，又像自己的耳膜被空气压迫发出的鸣响。啵、啵、啵啵啵，断断续续传来气泡破裂的声音。也正在这时，鸟居那两只"脚"中间的空间开始变色了。深蓝色的光芒一点点渗出，但鸟子和肋户对眼前的场景都没有任何反应。

——原来如此。

在眨眼的时候我突然察觉到，之所以只有自己能看到这个鸟居，一定是因为——

我试着闭上右眼，鸟居消失了。

——果然。

我再闭上左眼，用右眼看。这回女人消失了，房间的中央只留下了鸟居。

而当我用两只眼睛看时，能同时看到两个景象。

伴随着鸟居的旋转，蓝色光芒越来越强。我不禁想起了初次见到鸟子时发生的事。在大宫区那幢连接着"里世界"的废弃房屋里，透过猫眼看到的铺天盖地的蓝色世界。从鸟居状物体里渗出的蓝色与当时鲜亮的蓝色如出一辙。我心里不祥的预感越发强烈，再待在这里非常不妙，但，好想靠近那片蓝光——

这时，始终一言不发的肋户突然叫了起来。

"美智子！"

我悚然一惊，肋户没有回头，他的身体止不住地颤抖着，眼睛直直地盯着那个女人。

"终于……终于找到你了，真的是你。"

"那……那个？不是吧？"

"不，她就是美智子。"肋户斩钉截铁地说，"确实美智子没那么高……头发也更短……但我知道，她就是美智子。你看，看上去越来越像她了，也没那么高了……"

肋户低声念叨着，他摇摇晃晃地迈开了步子。

"等……等一下！"

我抓住他的双肩包试图阻止，但肋户头也不回地向前走去。背包从他肩上滑落，砰地一声掉在地上。AK也被肩带拽下，滚落在瓦砾间。男人却浑然不觉，挪动着步伐。

"啊啊，果然是你……抱歉让你久等了，美智子……"

肋户发出一声带着哭腔的号叫，向八尺大人奔去。

我的右眼中映出了这样一幅光景。靠近鸟居状物体的肋户全身都染上了蓝色的光，他的脸上浮现出惊愕的神情，不知是发现眼前的女人不是自己的妻子呢，还是在那片蓝光中看到了什么别的东西。肋户僵立着，一动不动——

然后，消失了。

慢半拍似的，空气里悠悠传来"啵"的一声。

危机感夹杂着悲痛，莫名其妙的感情如同旋涡一般向我袭来。我呆立在原地，心里的某个角落对消失在蓝光中的肋户充满了羡慕之情。理智呼喊着快逃离这里，身体却不能动弹。

就在这时，站在我跟前的鸟子也向那个女人迈出了步子。我眼疾手快地抓住了她的手。

"我必须得去——冴月在那里。"

我没有理睬她的自言自语，把她的手抓得更紧了。

"好痛啊。快放手，空鱼。"

"不行，快停下。"

鸟子摇摇头。自从进入这栋建筑物以来，她一次也没有回头看过我。

"可是，冴月她就在那里。"

"都说了没有！"

鸟子口中吐出了和肋户一样的台词，这让我毛骨悚然。他们两人似乎都将八尺大人当成了自己日思夜想的重要之人。欺骗人类，变幻成他们亲近之人的模样，让他们"神隐"——八尺大人原来是这样的妖怪吗？那么，我没有被骗又是为什么呢？是因为我的右眼能看穿它的样子？还是因为我和他们俩不同，没有重要的那个人？

鸟子仍然试图挣开我的手，走向那个女人。她的口中频频出现那个对我而言非常陌生的朋友的名字。

"冴月她——"

你这……

血一下子冲上脑门，这家伙从来没有考虑过我的感受！"挥拳进度条"终于满格，我情不自禁地大吼道："别丢下我！你这个笨蛋！"

我几乎没有这么大声地喊过，我的喉咙口堵得紧紧的，尖锐的声音里带着哭腔。但为了引起鸟子的注意，我不顾自己狼狈的声音，扯开嗓子喊道："别丢下我一个人！我不想你走啊……"

脱口而出的，是孩童般幼稚的恳求。

或许是听到了我的声音——鸟子停下了脚步。

就是现在。

我把手伸向鸟子的肩膀，想让这个顽固不化的人回过头来——

"空鱼，不行！"

听到背后传来的呼喊，我骤然停下了动作。

"你在干吗！都说了接近她很危险的！"

是鸟子的声音。但，为什么是从后面传来的？明明她应该在前面——

我疑惑地眨了眨眼，突然，我发现自己抓住的不是鸟子。

是八尺大人。

我抓住了八尺大人露出的胳膊。

"啊……"

真实的景象透过左眼向我袭来。

掌心中传来冰凉、湿润又柔软的触感。我的大脑无法思考，我抬起脸，面前是女人光滑的肌肤，静脉血管隐隐可见。连衣裙包裹着她长长的胴体，顺着她垂在身旁的手臂曲线看去，是光裸的肩膀，倾泻在肩上的长发闪着湿润的光泽，隔着黑发，是弓形上挑的嘴角，我的视线难以自制地滑向猩红的嘴唇上方——

突然响起了枪声，八尺大人的头向后仰去。

我缩起脖子，转过头看见鸟子双手握着马卡洛夫手枪摆好了射击姿势。

"趴下！"

我立马蹲下。但与其说是听从鸟子的指示，不如说是被她的气势压倒了。鸟子对着女人连开三枪之后跑向我。

"快站起来！空鱼你才是，打算跑哪儿去啊？"

"欸？"

我还没理解眼前的状况，站在原地不知所措。鸟子拉着我的手把我带离八尺大人身旁。

"我……我干了什么？"

"你追在那个大叔后面想过去，嘴里还念叨着些莫名其妙的话。"鸟子皱着眉摇摇头，"别丢下我一个人什么的，那是我该说的话吧……"

我终于知道发生了什么，我感到后背一阵发凉。

太大意了，我也被骗了。

这个妖怪让肋户产生了错觉，以为她是自己的妻子，把他骗了过去。她对我也做了一样的事，利用我对鸟子的——感情。

怎么会这样，也太丢人了！恐惧和难堪夹杂在一起，让我羞愤欲绝。

女人和鸟居状物体相交叠的怪物被鸟子击中后毫发无伤地站在原地。它仍然散发出难以抵挡的吸引力，不要说逃出去了，我们光是控制住自己不要靠近就已经使尽了浑身的气力。

"空鱼，要怎么做才能干掉她？"

鸟子极为自然地问我。这到底是信任我呢，还是在踢皮球呢……虽然这么想着，我还是重振精神回答道："让我想想。"

怀念的感觉、用来引诱肋户的"美智子"、身高八尺的女人，这些全都是假象，是我们产生的错觉。站在那里的，到底是什么？

错觉——上一次，"扭来扭去"通过视觉侵蚀我们的身体。当时我的认知对"扭来扭去"的位置产生了错觉。难道八尺大人也是这样？人类在与"里世界"生物发生接触时，总是伴随着某种错觉？抑或反之，它们是通过错觉来接触人类的？说不定我的右眼正是因为经历过这样的接触，才能认知到它们真正的样子。

如果真的是这样，那上回的方法值得一试。

我把精神集中在右眼，八尺大人的身影变得稀薄了，只能看见那个鸟居状的物体。

"鸟子，对着它的头开一枪试试。"

听了我的话，鸟子点点头扣下扳机。子弹打中了鸟居的柱子后弹开了。

果然，"认知"得到就能打中。

第二枪、第三枪。每次命中都迸溅出火花，小小的石头碎片四处飞散。但是——

"奏效了吗？"

鸟子问。我摇摇头，敌人的举动没有变化。

"OK，那就用这个。"

鸟子把马卡洛夫手枪放回枪套里，拿起了肋户落下的AK。她推出弹匣看了看又推回去，拉上枪栓，端起枪。没想到她的姿势竟然这么标准，我忍不住看呆了。鸟子开始了射击。

AK的枪声比马卡洛夫手枪要大得多，我连忙捂住耳朵。枪口不断吐出子弹，凿刻着鸟居的石柱，石头表面出现了许多肉眼可见的巨大弹痕。但直到弹匣里的子弹都打完了，伤痕累累的鸟居仍然矗立在那里，不断旋转着。蓝色的光芒没有减弱半分，直击心灵的怀念感也还是那么强烈。

鸟子看到我没有说话，咬紧了嘴唇。

"没用吗……"

我绞尽脑汁，思考着其他可能的办法。

这样下去我们只会筋疲力尽，被怪物拉过去。但子弹对它无效，我也只能用右眼盯着看罢了，而鸟子……

——啊。

一个想法在我的脑子里迅速成形。

"鸟子！那只手！"

鸟子用不解的眼神看着突然兴奋起来的我。

"左手！快把手套脱下来！"

"这个？要干吗？"

鸟子摘下战术手套，露出变得透明的指尖。我抓住她的手腕，拉着她走向那座鸟居。

"等等，空鱼？！什么，什么？！"

我快速地说明了一番。

"我的右眼好像能看穿'里世界'生物的本体，这样的话，那鸟子的手有一样的能力也很正常，对吧？"

"本、本体？欸？怎么回事？"

鸟子陷入了混乱。我迎上她的目光，犹豫了一刹那，然后说："……抱歉，让你摸奇怪的东西，原谅我。"

"欸，什么？等……"

没有时间去征求她的同意了。我强行拉着鸟子的手，伸进了那片蓝色光芒中。

"抓住那个！"

"'那个'是哪个……咦？！"

透过自己的右眼，我看到鸟子的左手抓住了蓝光。

"什、什、什、什么东西！虽然看不到但我好像抓住了什么东西？！"

"果然！你保持着这个姿势不要松手！"

我不禁兴奋地叫出声来。正如我所料，假如我的右眼能"看到""里世界"生物的本体，那鸟子的左手说不定就能"摸到"它们——我是这么推测的。

鸟子透明的指尖没入了光芒之中，多么奇怪的画面。到底是什么样的触感呢？鸟子表情扭曲，努力把左手拿得远远的。

"好讨厌啊，这玩意儿摸起来又湿又软的！我能不能放开了啊？"

"忍耐一下。"

"还要多久？！"

我从绑在大腿上的枪套里掏出自己的马卡洛夫手枪，因为动作生涩，又耽误了不少时间。

"不要动哦，鸟子！"

我把枪口对准那片蓝光，毅然决然扣下了扳机。

巨大的反作用力差点把枪从我手中震落，但射击没有落空。就在鸟子抓住的地方附近，光芒中出现了一个漆黑的圆孔。

下一个瞬间，从那个圆孔处传来啵啵、啵啵、啵啵的气泡声，与此同时大量的黑色球体喷涌而出。

鸟子抬起头，发出惊叫。我向上看去，左眼中映出了后仰得像张弓似的长长的女人。气泡的尾音拖得长长的，犹如声声悲鸣。八尺大人激烈地扭动着身子，看上去就像个被扎破后狂舞着迅速瘪下去的气球，没有了一点人样。

而透过右眼，我看到黑色的球体源源不断地从圆孔中涌出，顷刻间又消失无踪。身体碰到这些球体也没有任何感觉。在我双眼的注视下，只见八尺大人的身体逐渐缩小，变得透明，球体喷涌的势头也逐渐减弱……最后停止了。

回过神来——周围的光景发生了翻天覆地的变化。我们正瘫坐在长满青苔的石阶上，空气里充满了泥土和青草的气味。茫茫的草丛中，能看见崩塌的神社前殿的废墟，附近散落的石块应该是鸟居的残骸吧。郁郁葱葱的森林包围着我们，树木顶端是被暮色染红的天空。

耳畔传来虫声鸟鸣，这里是"表世界"。

我站起身，低头看着鸟子。

"没事吧？"

鸟子伸展着手指，翻起眼睛瞪着我。

"你害我摸了奇怪的东西。"

"我提醒过你了，什么感觉？"

"怎么说呢，是一种会让人坏掉的感觉……"

鸟子打了个寒战。

"呜呜，我想洗手。

"那个神社里的水龙头会不会有水啊，这里是哪里？"

她终于站起身来，掏出手机。

"呃，我们好像在秩父市的山里面。"

"真的假的？"

这么说来，肋户好像说过自己是从秩父山的神社进入"里世界"的。

这附近没有看到他的身影。或许他穿过那片蓝色的光，去了什么别的地方吧。神隐———一想到我们差点也落得一样的下场，在感到恐怖的同时，我们内心闪过对肋户的些许羡慕。

鸟子叹了口气，放弃了挣扎，杵着 AK 站起来。

"回家的路好远啊。要是能在路上坐到公交车就好了……嗯？"

鸟居的残骸散落在参道[1]上，鸟子从残骸间拾起了什么，是一顶白色的女式宽檐帽。这是八尺大人留下的东西吗？帽子四周泛着银色的光晕，鸟子双手捧起它，注视着。

"……你可不要戴上。"

听了我的话，鸟子呆呆地点了点头。我猜到她想起了另一个现在不在这里的人。

"鸟子，你该不会觉得冴月会在那边吧？"

"我想过这个可能，其实我超级想过去的。"鸟子静静地回答。

"那你怎么忍住了？"

"……因为我很担心空鱼。"

"哎？"

我一脸疑惑，正打算反问时，她对我微微一笑。

1　（神社里）参拜用的道路。

"因为那时空鱼很危险嘛，好像随时都会消失不见的样子。"

没想到鸟子竟然会这么说，我大为震惊。

那是我的台词吧——但我没能反驳，只是望着笑靥如花的鸟子。

Otherside Picnic

档案3

Station February

1

"接下来，敬空鱼和鸟子，第二次'里世界'远征辛苦了！干杯！"

"好好好，干杯。"

我不情愿地举起手中的玻璃杯奉陪兴致高昂的鸟子，她的扎啤杯撞过来，发出铛的一声。

她喝的是生啤，我喝的是加冰的梅子酒。

这是我们第二次一起出来喝酒，以"'里世界'探险庆功宴"为名。

机缘巧合之下，我和鸟子发现了不同于现实世界的"里世界"，并在那里遇到了名叫"扭来扭去"和"八尺大人"的奇异怪物。

第一次和鸟子一起喝酒，是在打倒了"扭来扭去"，从"里世界"生还的那一天。兴致勃勃闹着要开庆功宴的鸟子把我带到了附近的店里，但可能是因为太累了，她很快便喝得酩酊大醉，连话都说不清楚。吸取了上一次的教训，我们这次把庆功宴定在了几天后，一个周五的傍晚。

"要一份毛豆、一份土豆泥沙拉、凉拌番茄，还要一份肉串拼盘、炸鸡、马肉刺身和裙带菜、小银鱼拌白萝卜还有……"

鸟子迅速开始点菜。

"还要一份炙烤腌鲭鱼和……大概就这么些吧。空鱼要吃什么？不用？那先点这些。"

"我说，你点这么多能吃得完吗？"

"总归能吃完的吧，我们有两个人呢。"

"上次发生了什么你不记得了吗？你自己点了一堆，结果中途睡着了，害得我只能全部吃掉。"

"不记得了。"

这家伙……

"今天你不用担心，我的身体已经准备好了。"

"准备？为了庆功宴？"

在我震惊于她对庆功宴的期待程度时，鸟子已经伸出筷子沾沾小菜里的芥末奶油奶酪，小口舔了起来。

因为今天不去"里世界"进行探索，我们俩穿得都比较随意。我穿着风衣牛仔裤，鸟子则身着迷彩夹克衫、牛仔短裙和裤袜。

现在是下午五点，刚开张的居酒屋里顾客寥寥无几。但周末的新宿区在入夜以后，马上就会喧闹起来。想到这里我已经开始烦躁了。

上了大学之后，我也参加过两三次所谓的联欢会，但总因为不能融入周围的气氛而非常痛苦。和鸟子两个人一起要轻松得多。反正一定要去的话，干脆挑有包间的店算了。

"对了，之前我们从'里世界'回来时捡到的帽子，我昨天拿过去小樱那边了。但她说怎么看都只是顶普通的帽子而已，就没买下来。真小气。"

"不，她说得对。毕竟那就是顶普通的帽子。"

小樱是鸟子的熟人，一名正在研究"里世界"的认知科学家。但我只和她见过一面，这个人实际上到底在研究些什么、用的又是什么方法，我一概不知。据说小樱在收集从"里世界"带回来的不同寻常的物品，鸟子从她那儿赚了一大笔钱，我也分到了一杯羹。

"但是啊，你不觉得那顶帽子看上去有些奇怪吗？"

"确实是泛着微微的银光……"

"咦？你的右眼变回来了？"

鸟子隔着桌子探过身来，我不禁往后缩了缩。近在咫尺的她盯着我的眼睛，让我的内心掀起狂澜。快住手。像鸟子这样的美女，把脸凑近别人几乎等同于某种暴力。

"你……你怎么现在才发现。我只是戴了隐形眼镜而已！"

因为变成琉璃色的瞳孔太过惹眼，我给右眼戴上了黑色的隐形眼镜。

"哎——好可惜啊，明明那么漂亮。"

鸟子噘起嘴，坐回椅子中。鼻端残留着她淡淡的馨香，让我不知如何是好。我口齿不清地反驳道："你……你自己不也戴着手套嘛。"

今天她戴着薄薄的皮手套，因为在吃饭所以只戴了左手那一边。但这个人还真是怎么打扮都好看……叫人火大。

"没想到大家都视而不见，这我就放心了。因为总有些讨厌的家伙喜欢偷拍别人。"

我们虽然在遭遇"扭来扭去"之后捡回了一条命，但并不是毫发无伤。我的右眼变得像宝石一样蓝，看到的景象与左眼大不相同，类似于"里世界"的……本质？而鸟子的左手指尖则变得透明，用那只手能触摸到"里世界"的……物质？关于这件事目前仍然谜团重重，但起码我们靠着这只眼睛和这只手，从八尺大人的手中逃了出来。

借用小樱的话来说，我们就是"第四类接触者"。

遇到"里世界"的生物，并因此产生了肉体上的变异。

"空鱼，你要不要这个帽子？"

鸟子把手伸向脚下的放包处，从皮质托特包里拽出了一个密封袋。

袋子里装着一顶叠得扁扁的白色女式宽檐帽。用右眼看去，帽子四周包裹着一层淡淡的银光，但在居酒屋的灯光下看不太出来。

"不了，不了。"

"那我就收下啦。"

鸟子打开密封袋，整理了下被压瘪的帽子，随手戴在了自己头上。我大吃一惊，不由得提高了声音。

"这种来路不明的东西亏你还想戴？！"

来自"里世界"的东西到底具有什么样的属性从外表是完全看不出来的，万一鸟子戴上这顶帽子之后当场化成一滩肉泥可怎么办？

与惊恐不安的我正相反，鸟子游刃有余地微笑着。

"合适吗？"

"你戴什么都很合适啦！好了，现在在吃饭，快把帽子摘下来。"

"哼。"

她摘下了帽子，好在被帽子盖过的地方没有变秃。

我们点的菜上了，毛豆、土豆沙拉、凉拌番茄和白萝卜沙拉。等到店员走远，我才开口。

"帽子没卖出去，那我们这次不就亏了？"

"没这回事，我还把那个大叔的 AK 带回来了呢。"

"你声音太大了。"

"没人在听我们说话啦。"

我们上次打倒八尺大人时（如果可以这么说的话），也把突击步枪带了回来，据说是一把俄罗斯产的 AK 什么的。它是我们在"里世界"遇到的那位名叫肋户的大叔留下的。因为不能就这样扛着回去，正当我烦恼着该怎么办时，鸟子已经快手快脚地把枪拆解完藏到了包里。

"可是我们没有弹药吧？上次全都打完了。"

"我藏了一些在'里世界'捡到的子弹，里面应该有能用得上的。那把枪是 AK-101，5.56mm 的标准口径弹并不少见。"

我们用理所当然的口气谈论着一些危险话题，我感觉自己的三观都变得不正常了。

"我之前就想问了，你是在哪里学会用枪的？"

"外国。"

鸟子语调平板地回答，我皱起了眉头。

"是什么恐怖分子养成基地之类的地方吗？"

"啊哈哈，才不是呢。"

"这样啊，你不想说倒也无所谓。"

"怎么样都好啦，空鱼不也不愿意说自己的事情吗？"

"你也没问我，想必没什么兴趣吧。"

"嗯？才不是。我还以为你不想被问及这方面的问题呢，那就是我可以问的意思咯？"

我陷入了思考。就连自己都感到有些惊讶，如果是以前肯定当机立断地拒绝了。

并不是因为自己背负着什么难以启齿的不幸或夸张的过去，只是对别人说自己的家事也没什么好玩的。我不过是一个从乡下来的大学生罢了，不好相处，更没有什么优点。

即便如此，我也不喜欢自己的隐私被别人窥探。我既不想掺和到别人的事里，也不希望别人来多管闲事，尤其讨厌那些心里其实提不起兴趣，还非要自来熟地凑过来的家伙。

明明应该是这样的。

"可以吗？我要问咯？穷根究底、公私不分、巨细靡遗地问……"

不知鸟子到底是认真的还是在开玩笑，但自己竟对她产生了妥协的想法，实在是不可思议。我下定决心开了口。

"……请问吧。"

鸟子目不转睛地盯着我的脸，突然忍不住笑出了声。

"果然，空鱼你这人好有趣啊。"

"什么？！"

"因为你摆出一副慷慨就义一样的表情……不用勉强自己啦，你有什么不想被别人知道的事情吧？抱歉抱歉。"

"啊……嗯。"

突然被拆台的我慌忙整理着情绪。这时，店员端上了炙烤腌鲭鱼。他点燃喷枪，吱吱炙烤着桌上的鲭鱼刺身。鸟子凝视着那副场景，说道："下回我们什么时候去？"

下回，下回吗……

我一时间没能开口。店员关掉喷枪转身离去，留下桌上微焦的腌鲭鱼。我一边伸出筷子，一边考虑着答案。

不管是"扭来扭去"也好，八尺大人也罢，我们成功摆平了至今为止遇到的所有危机。但再这样下去，迟早有一天会死的吧。鸟子为了寻找下落不明的朋友愿意赴汤蹈火，但我呢？

"鸟子，你不觉得害怕吗？"

被我这么一问，鸟子把啤酒杯从嘴边拿开，疑惑地歪着头。

"我们俩可是从鬼门关走了一圈回来的。"

"嗯，但没死。"

"你不怕吗？"

"怕啊，但没事。"

"你为什么这么自信……"

我很惊讶。鸟子摇摇头。

"如果是孤身一人的话，我早就绝望了。说不定在那之前就死了呢。"

"那，为什么？"

她伸出握着杯把的食指指向我。

"总会有办法的吧，因为我们有两个人。"

……问题不在这里吧？

2

我趁鸟子去洗手间时到柜台把账结了。现在是晚上八点多，这次庆功宴开得早，散得也早。

"久等了——"

鸟子脚步虚浮地回来了。

"啊——吃饱了吃饱了。多少钱？"

"九千五百零四日元。"

虽然鸟子这回没睡着，但她点了太多菜，结果还是我负责收拾残局。这家伙要是不点太多，大概能少花一千日元，还敢给我咕嘟咕嘟地灌那么多酒。

"花了好多啊——"

"麻烦你不要说得好像不是自己花的一样。"

我愤愤不平地回嘴。虽然不知道鸟子的经济状况，但像我这种穷学生一顿饭是不可能花这么多钱的。虽然现在手头宽裕了些，但这钱来得不明不白的，实在是没有心情挥霍。可这家伙……

"没事吧？自己能回去吗？"

我怀疑地看着坐在椅子上微微摇晃的鸟子问。

"Probably……maybe！"

尽管已经喝得东倒西歪，但鸟子还是斩钉截铁地说。真的假的？这时店员拿着零钱过来了，他把零钱和小票放在桌子上，说道："因为驱 @#¥% 了 *& 死，所 %&^@ 以油鸦 #¥ 会来[1]。"

……听起来好像是这样。

"哈？"

我没听懂，呆呆地抬起头望着对方。

"因为油 &¥#@ 鸦会来[2]。"

店员不耐烦地重复了一遍。仔细一看，他的手里还握着刚才那把烤鲭鱼用的喷枪。

"哦……"

我一头雾水，但还是含糊地点了点头。店员转身回到后厨。

1　此处为不成文的句子。原文为"くびりやらいので、あぶらがらすがきます (kubiriyarainode, aburagarasugakimasu)"。

2　原文为"あぶらがらすがくるので (aburagarasugakurunode)。"

"喂，我要付多少钱啊？"

"四千七百五十二日元……你知道那个人刚刚在说什么吗？"

"嗯？没听见。"

可能是我听错了吧。虽然觉得奇怪，我还是从座位上站起来，走向门口。打开拉门走出居酒屋时，眼前仿佛有瞬间的模糊，而在我关上门的那一刹那，竟从后厨传来一声尖锐的犬吠。

"是不是有什么东西汪地叫了一声？"

鸟子回过头，居酒屋的门已经关上了。格子门上嵌着磨砂玻璃，从玻璃的那一侧传来一阵哄堂大笑。随即是玻璃碎裂的声音，笑声变得更响了。

总觉得有点不对劲，是因为我醉了吗？鸟子暂且不说，我感觉自己没喝那么多。

四周万籁俱寂，连汽车经过的声音都没有。我没想到这个时间的新宿会这么安静。在伸手不见五指的黑暗中，居酒屋的灯和招牌发出的亮光在视线角落里朦胧地晕开。

"空鱼——车站在哪边来着——"

"在那边，你振作点。"

我好像也有些醉了，总觉得头晕眼花的。还是快点回去睡觉比较好。

但我的心情还不赖。和鸟子喝酒是件相当愉快的事，虽然到最后都没说上几句有营养的话。

"嗯？是不是有点黑？"

"是因为在节电吧。"

"也没必要弄得这么暗吧——"

我带着些许醉意，走着走着，心中的违和感越发强烈。

走不到车站。

奇怪，怎么回事？这里可是新宿啊。

周五晚上这里明明是闹市区，但现在街上竟然只有我们两个人。更奇怪的是，我们脚下的柏油马路不知不觉间已经变成了长满及膝野草的土路。

"啊——空鱼，你走错了吧？"

"别想把责任都推给我……说起来，新宿是这么乡下的地方吗？"

我们终于停下脚步，面面相觑。

"……这里是哪里？"

就在这时，空中轰隆隆的风声越来越近，一个巨大的影子罩在了我们头顶上。

这个黑影一左一右长着两只翅膀，看上去像是一只鸟。一片漆黑中，只能看得清轮廓。它的翅膀就像巨型喷气式客机的机翼一样大，每次缓缓拍打翅膀，都会卷起一阵飓风袭向大地。草丛被成片成片地刮倒，与此同时，我闻到了一股刺鼻的油味。

遮蔽了星空的巨大鸟影扬长而去，我们呆呆地目送着它。新宿的高楼大厦已经不见了踪影，四周更是没有一点灯光。

我们知道这是哪里。

虽然不知道发生了什么——但我们现在，正身处夜幕下的"里世界"。

3

随风起伏的草原看上去就像黑黢黢的水面。

我第一次在夜里来到"里世界"。

以往进入"里世界"都是在白天，和鸟子一起来探险的那两次也在太阳落山前回去了。在这个诡异莫测的世界迎接夜晚让我感觉非常恐怖。

"鸟、鸟子……你在夜里来过这边吗？"

对于我的询问，鸟子摇摇头。

"没有。因为冴月说很危险，所以我尽量避开了这个时间段。"

冴月——把鸟子拉进"里世界"探险的罪魁祸首，鸟子的"朋友"。我与她素未谋面，因为早在我和鸟子认识前，她就已经失踪了。

据我所知，这个名叫冴月的女生很早之前就来到"里世界"探险，积累了不少经验。而此刻，我们已经踏入了这片连冴月都觉得危险的夜幕下的"里世界"。

说自己一点也不好奇肯定是假的，但我还没做好心理准备，也没带探险用的装备，完全是事与愿违的状况。直截了当地说，我们的处境非常不妙。

"空鱼，你带枪来了吗？"鸟子低声问。

"怎么可能带啊！为什么我要带着枪去参加酒会……"

说话间我突然产生了一个想法。

"难道你带着？"

"我还想着你能带着就好了呢。"

"……也是。"

我顿时觉得浑身无力，没想到竟然会有因为同伴没带着枪而感到沮丧的这一天。

我环顾着周围，眼睛逐渐习惯了微弱的星光。

同时，对细微的声音也更加敏感了。

夜晚的"里世界"与白天大相径庭，充满了活物的气息。

在白天，这里就连一声鸟鸣都听不到，有的只是野草随风摇动的声音，整个世界就像假的一样。但现在四处传来似鸟似虫又似野兽的鸣叫，还能听见某些小动物在野草底下穿行的沙沙声。

除了我们脚下这条小路，视线所及之处只有波浪般起伏的草原。挤挤挨挨的树丛、孑然独立的树木，以及像坟包一样的小土堆在夜空下呈现出漆黑的轮廓。

"鸟子，你觉得我们为什么会进入'里世界'？"

"不知道，我们穿过了什么奇怪的地方吗？"

我摇摇头，没有任何头绪。还记得走出居酒屋时，眼前似乎闪烁

里世界郊游·两个人的怪异探险档案

了一下。我的右眼能看见"里世界"物体边缘那一圈银色的磷光，说不定当时看到的闪光就是某种来自"里世界"的东西。

此前我们一直以为要想进入里世界，就必须找出某个隐藏的入口，或进行某种特别的仪式。比如钻过废弃小屋的后门、依次按下电梯楼层的按钮、在特定时间以特定角度穿过位于深山的神社鸟居等。但今天，我们只是在一家普通的店里，喝了酒吃了饭而已。

仔细一想，在走出居酒屋前我就产生了某种违和感。是那家店本身有问题吗？还是我们在店里做了什么？

"我们没有做过什么奇怪的事吧？"

"嗯，我记得只是从酒馆里出来而已。"

"我们有没有，比如说，按某种特定的顺序点菜之类的？"

"又不是在探索什么游戏的隐藏技能……啊！"

脑中突然灵光一现，我叫了起来。

"怎么了？"

"帽子！"

"……啊。"

鸟子瞪圆了眼睛，接着有些尴尬地转移了视线。

"所以我都说了，不要戴——"

"也……也不一定是因为这个吧。"

"可能性很高不是吗？"

"那，要再戴一次试试吗？"

"不，不行！快住手，别再碰那顶帽子了。"

我慌忙制止了正要把手伸进托特包的鸟子。似乎被我的气势吓到，鸟子把双手举到胸前，做了一个小小的投降手势。

"知道了，我不碰。OK？"

"……OK。"

其实一点都不OK。

我捂着脸叹了口气。

接下来，要怎么办呢？

更具体地说，就是我们该怎么回去呢？

以往进出"里世界"都有确切的出入口，回去时只要从同一个口子出去就可以了。但这一次情况有所不同。回头看向来时的道路，通往居酒屋的那扇门已经不见了。

"我们往哪儿走？"鸟子问。

"总之……先按兵不动吧，到处乱跑可能会误踏变异点。"

在"里世界"有许多超自然的陷阱，一旦踏入陷阱便会产生难以预料的后果。我们在这边遇到那位名叫肋户的男性将它称之为"变异点（glitch）"。

"或许一直在这里坐到天亮比较安全。"

我一边说一边抬起头，发现鸟子正盯着我背后的什么东西。

"……这个法子好像行不通。"

"嗯？"

我顺着她的视线回过头，只见星空下伫立着一个巨大的黑影。

是长颈鹿吗？在那一瞬间，我这么想。因为黑影看上去是一只很高、有四只脚的动物。但当我向上看时，就不这么觉得了。细长的脚支撑着它的胴体，上面没有头。

"叽——"这只四脚兽发出了蝉鸣般尖锐的声音，响彻原野。与此同时它动了起来，身上垂下的块状物随着它的脚步摇动。那是什么？我仔细一看，心脏几乎停跳。那是几个捆得像木乃伊一样的人形物体，用绳子挂在它身上。

蝉的尖叫声变得越发刺耳，四脚兽向我们走来，吊在肚子下的块状物相互碰撞发出钝响。看到这些人形物体像市场里的肉块一样被吊着，恐惧让我如坠冰窟，醉意也早已无影无踪。

"空鱼……那是，什么？"

鸟子茫然地喃喃自语，我一把抓住她的手叫道："不能留在这里！快跑！"

4

我们拨开草丛，奔跑在"里世界"的夜幕中。

突然被扔进另一个世界这件事让人没有真实感。仿佛身处噩梦之中，双腿软绵绵的没有力气。

有什么吱吱叫着从我们头顶上飞过，不知是蝴蝶还是蛾子的东西在星光下成群飞舞。

"空鱼，我们这么乱跑不怕碰到变异点吗？"鸟子在我身后喊道。

"跟紧我，绝对不要松手！"

我一边跑一边回过头，牵住了她的手。鸟子用包裹着薄皮革手套的右手用力回握。

我将注意力集中在右眼，夜晚的"里世界"微微变亮了些，光芒正来自隐藏在草丛中的变异点。乍看之下空无一物的地方笼罩着银色的光晕，暴露了来自超自然力量的威胁。我难以忘却上次差点踏入"吐司炉"带来的恐惧。幸好堪堪捡回一条命，没被烧成焦炭。当时肬户一边前进，一边扔螺丝钉来探测变异点的存在，但现在没时间那么做了。追兵的脚步声越来越近，我们气喘吁吁，不停地奔跑着。

虽然能看见银色的光芒，但四周仍十分昏暗。我凝神注视着前方，生怕错过任何地形变化和危险，睁大的右眼开始感到疼痛，渗出的泪水让视线变得模糊。

前方的地面向上隆起，似乎是一道堤。堤坝向左右两边延展，绕不过去。

"是上坡！"

我一边跑一边提醒鸟子。来到堤下，我本想拉着鸟子的手前进，但坡度比想象中更陡，我停下了脚步。

"没关系，我可以自己上去。"

鸟子说着松开了手。我担心地转过身，看着她汗津津的脸。鸟子一言不发地点了点头，开始爬坡。我们像动物一样手脚并用地向上攀登。

背后传来狗的吠叫。我边爬边不时地回头看，只见那只无头四脚兽正笨拙地靠近我们。虽然它的动作缓慢，但因为腿长，一步便能迈出很远。它脚边的草丛里貌似有什么东西在动，看不见是什么模样，接着又传来一声犬吠。那是狗吧？真的是狗吗？不管是什么，它们现在盯上我们了。

倏然间，我透过草丛的缝隙看到了什么。

"噫……"

一声悲鸣几乎脱口而出。是脸，在那一瞬间我看到了两个漆黑的眼窝和大张着的嘴，与人脸如出一辙。

"什么？"

我转向正要回头的鸟子。

"别停下！快爬！"

我催促着鸟子，两人加快速度终于爬上了那道堤。我刚要站起来却被一个硬硬的东西绊倒了。我用手撑住地面，摸到的不是草，而是凹凸不平的砂石。

"空鱼！"

掌心传来一阵刺痛。我抓着鸟子伸出的胳膊站起来环顾四周，惊人的景象映入眼帘。是铁路，锈蚀的铁轨向两边蜿蜒而去，旁边每隔一段距离就有一根木质电线杆，中间连着松松垮垮的电线。

越过这道土堤，又是无垠的草原。身后来路不明的怪物紧追不舍，我踮起脚尖四下张望，想弄清前进的方向。当我注视着右手边的铁路时，有什么闪了一下。和那些银色光晕不同，这道光很清晰。

在那一瞬间，我做出了决定，再次拉起鸟子的手沿着铁路跑了起来。

有铁轨也就意味着在这段线路的某处存在着车站，刚才看到的闪光说不定就是车灯。

这是我条件反射得出的结论，然而在"里世界"，我们的常识是行不通的。我甚至怀疑这到底是不是真正的铁路，但再想下去，只怕是一步也迈不动了。

身后传来踩踏石子的声音，我们两人同时回过头。

"脸！"

鸟子倒吸了一口凉气。刚刚那不是我的错觉，追在我们身后的生物长着人脸。黑暗中浮现出一个个惨白的椭圆形，眼窝和嘴漆黑幽暗。虽然看不清具体的五官，但模糊的样子反而显得诡异。更令人不舒服的是，这些脸都悬挂在离地面咫尺之遥的地方。伴着犬吠一样的尖啸，人脸纷纷涌现出来。在它们后面，那只状似长颈鹿的四脚兽正晃晃悠悠地登上土堤。

糟了，会被追上。要是被追上了……

……被追上的话，我们会怎么样？

会被这些家伙如何处置？

我感到一阵毛骨悚然，就连自己的下场都无从推测。假如它们是些野狗，还能想象被撕扯的疼痛，被分食的恐惧。但，它们到底是什么？

心中无处安放的恐怖感无止境地膨胀，阵阵恶心涌上喉头。我的呼吸变得短而急促，心窝紧紧绞成一团。现在圆睁着眼、大张着嘴的我想必与逼近的人面兽如出一辙，想到这一点，我感到难以抑制的恐惧。现在叫出声的话，一定会发出自己闻所未闻的声音，从肺的深处挤出来的、一点不像个女人的、野兽一样的——

"空鱼，动起来！"

鸟子啪地拍了一下我的背。

"哦啊啊？！"

从我口中发出了有气无力的声音，尖叫成了哑炮。我眨眨眼，鸟子搂住我的肩膀把我扳了过去。她的脸占据了我的视野，是一张五官清清楚楚、端端正正的女性面庞。

"别放弃！走了！"

"嚎、嚎！（好、好！）"

这次换鸟子拉住了我的手。

我奔跑着，恐慌状态被打断，大脑几乎停止了思考。眼中只剩下无尽的黑夜里牵着我奔跑的鸟子的背影。

——总会有办法的吧，因为我们有两个人。

麻痹的大脑中浮现出庆功宴上的对话。

说不定正是如此。和鸟子在一起的话，无论前方有什么困难，无论置身于怎样的险境——

突然，鸟子停下了脚步，好像看见了什么。

"空鱼，这边！"

"哇？！"

她用力一拉，我踉跄了几步被铁轨绊倒，两个人一起趴在了铁路左侧。

"趴下！不要抬头！"

鸟子一边说一边把我的头按向地面。正当我对发生的事感到疑惑时，前方响起了枪声。黑暗中，枪口激烈闪烁的火光烙印在视网膜上。子弹从我们头顶上飞过，发出咻咻的声音。背后传来犬吠似的悲鸣，什么东西走下了堤坝，逐渐远去。

……周围变得安静了。

我战战兢兢地抬起头。

耳边传来踏着砂石的脚步声，有人靠近了我们。

不止一个，有好几个人。

出现在我们视线中的是几名端着突击步枪的士兵，他们身穿迷彩军服，戴着头盔和夜视镜。不清楚准确人数，大约有十人。走在前头的那两个人用枪指着我们，他们的同伴正在观察四周和铁路前方。

我微微移动身体试图爬起来，就在这一瞬间，对着我们的枪口增加了。

"别动（Don't move）！"对方用英语抛来一句警告。

"别开枪（Don't shoot）。"鸟子也用英语回答。

"懂……懂休，懂休（Don't ……Don't shoot，don't shoot）。"
我保持着趴在地上的姿势，举起手慌张地说。

……我的声音太小了，对方估计没听到。

士兵们走了过来，枪口依然没有移开。

"你们是人类？"

其中一个人把护目镜推到额头上，用怀疑的眼光看着我们。这次
说的是日语。

"是……是人类。"

"中尉，它们还在这里！"

有人发出了警告，士兵们再次端起枪对着铁轨的前方。我们回过
头，看见那只四脚兽正叉开腿站在轨道中间。悬挂在它腹部下方的尸
体摇摇晃晃。从旁边看，简直像一台用四条腿走路的绞刑架。

在四脚兽后面还站着另一个人。这个人身材高大、肌肉虬结。他
赤裸着身子，脖子上顶着一团杂乱无章的茂密植物，从"头部"两侧
支棱出分叉的鹿角，鹿角上有许多像珊瑚一样不规则的分枝。

枝角男一动不动地注视着我们。最后，他好像对我们失去了兴趣，
唰地转过身走下了堤坝。伴随着蝉鸣，四脚兽也追着他的背影而去。

我们屏息等待。直到它们的气息消失了，士兵们终于放下了枪。

被称为中尉的男人蹲下身，向我们伸出手。

"没事吧？"

"非……非常感谢。"

男人扶起了我们，其他士兵也靠了过来。能感觉到他们的视线带着杀气，明显对我们充满了戒备。

——她们真的是人类吗？

——不会也是怪物吧？

我听到士兵们用英文窃窃私语着。

其中一名士兵走上前来，看上去有些焦躁。

——中尉，不能靠近她们。她们肯定也是 ×××，开枪吧。

他的语速很快，中间有些地方我没听懂，但似乎是说了这样的话。他将枪口又一次对准了我们，手紧紧地握着步枪，指关节攥得发白。周围的士兵神色紧张地注视着事态的发展，没有上前阻止的意思。刚逃出怪物的虎口，又要被疑神疑鬼的人类枪杀吗——我浑身僵硬，身旁的鸟子走过去挡在我身前。

我连忙抓住她的手，对转过头来的鸟子怒目而视。不用护着我也没关系，反正这种情况下，对方如果开枪的话两个人都会死。

我们在一群身强力壮的士兵组成的包围圈中互相瞪着，这时"中尉"打断了我们。

"住手，格雷格。你应该也看见了，她们被角男（horned man）追赶着。这两个人是人类。"

"可是，中尉——"

"上士！这是命令，把枪放下。"

被叫作格雷格的上士慢慢放下了枪，但仍然盯着我们。

"二位是什么人？从哪里来的？"中尉转过身问道。

"新、新宿……东京的那个。"

东京？她说东京？士兵们惊讶地交头接耳。那不是在几百英里[1]外吗？！

"你们又是从哪儿来的？"

中尉回答了鸟子的询问。

"冲绳。"

"冲绳？！"

从他口中冒出了一个出人意料的地名，我有些惊讶。这次是冲绳吗。虽然知道"里世界"和"表世界"的空间距离不太一样，但这也太远了。

"难道你们是……驻日美军？"

鸟子说道，对方点了点头。

"我们是海军陆战队。我是中尉威尔·德雷克，白马营第三中队的副官。"中尉用温和的口气说。

1　1英里约合1609.344米。

"……也就是说，你们两位也不知道出口在哪里是吗？"

"是、是的，我们就连自己是怎么进来的都不知道……"

听了我的回答，德雷克中尉垂下眼睛摇了摇头。

"真是遗憾，我还以为终于能逃离这个地狱了。"

我们在海军陆战队的包围下沿铁轨走着，背后传来格雷格上士的杀气，让我非常不安。尽管已经放下了枪，但他仍然对我们充满戒备。不只是他，其他队员的视线也很难称得上友善。是不是应该试着沟通一下，让他们放下心来呢？但笨口拙舌的我只会越抹越黑，还是算了。

中尉用戴着手套的手抚摸着长满胡茬的脸颊接着说道："非常抱歉，我们可能没办法帮助你们两位回到原来的世界。我们来到另一边（other side）已经有一个多月了，还是没能找到逃离的方法。"

"另一边（other side）"似乎是他们对"里世界"的称呼。中尉摘下了头盔，他有着一头卷发和令人印象深刻的慵懒眼神，看上去稳重可靠。或许只是疲倦了，浓重的黑眼圈尽显憔悴之色。

"各位是怎么来到这个世界的？"

"我们本来在山里训练，不知不觉间整个部队都来到了这里。当我们发现这里的植被与冲绳不同时已经太晚了。我们把分散的中队整合起来，并以车站为据点扎了营，但不幸还是有一部分人牺牲了。"

他的声音里透着懊悔。

"你说的牺牲者，是被刚才的怪物杀掉了？"鸟子回过头看着我们来时的方向问道。

"那只是少数，你们看到怪物腹部挂着的尸体了吗？"

"看……看到了。"

"那些都是我们的队友，那匹骡子也是。"

"骡子？你是指那只像无头长颈鹿一样的动物吗？"

"它本来是随军运送物资的机器人。有一次搬运遗体时踩到了奇怪的捕兽夹（bear trap），动不了了，我们只好把它留在那里。但后来它再次出现时就成了那个样子，还会袭击人类。"

男人的口气过于平淡，以至于我花了不少时间才注意到其中的诡异之处。也就是说，那只"四脚兽"其实是变异了的机器人！这么一想，把蝉鸣似的声音解释为引擎驱动声倒也合情合理，但这件事仍然给我造成了很大的冲击，此前我曾深信"里世界"只会对活物造成影响。中尉口中的"捕兽夹"指的应该是变异点吧，难以想象是什么样的运作原理能让机器扭曲成那副样子。

在我一时无语时，鸟子接过了话头。

"我听你刚才说了车站。"

"没错。Station February，一个古老的小车站。"

"为什么是'二月（February）'？"

"因为上面就是这么写的。"

铁路朝右侧拐了个弯，映入眼帘的是一个隐藏在树丛中的车站。单轨站台里亮着小小的灯，我不禁松了口气，终于在一片黑暗中看见了灯火。

我们爬上站台边缘的楼梯，站在龟裂的水泥地上。灯泡泛着黄光，映照着油漆剥落的白色长椅和木头搭成的车站，看上去像个简易棚屋。

"这里有电吗？"

"不知道。我们来到这里时灯就已经亮着了，虽然电线并没有接上。"

过了这个车站，铁路依然向远处延伸而去，定睛看时自己仿佛要被黑暗吞没了一般。我开口问道："这里还有其他废弃的车站吗？"

"目前还没发现，而且——这里好像并不是废弃的车站。"

"欸？你的意思是……"

听了中尉意味深长的话，我转过身去，月台上赫然立着一块站牌。

如　月	
KISARAGI	
坚州	黄泉

我终于知道这里是什么地方了。

Station · February——如月车站。

"如月车站"是一个著名的网络传说。我清楚地记得"如月车站事件"发生的时间是 2004 年 1 月 8 日晚上十一点多，因为当时当事人在匿名留言板论坛 2ch 上进行了实况转播。

这一事件始于网上的一篇帖子。投稿人称自己乘坐的电车有些奇怪，到了该停的站却没有停下。最后电车终于到站，她却发现自己来到了一个空无一人的陌生车站，站名写着"如月"。明明这条线上没有这个站的……

投稿人用手机给家里人打了电话，同时在网上发帖描述了自己的遭遇，经过一番努力，她总算踏上了回家之路。但在乘坐可疑车辆离开时，她因为手机没电而失去了消息——2004 年我还很小，所以知道这件事已经是很久之后了。自从这个帖子出现后，网上涌现出大量关于"误入异世界"的体验，"如月车站事件"可能是这类网络传说的鼻祖吧。

说实话，我有些感动，就像在进行某种圣地巡礼……与遭遇"扭来扭去"和八尺大人不同，它们虽然也都与怪谈中提到的生物十分相似，但并没有向我"自报家门"。而这一次不一样，站牌上的的确确写着"如月"二字。也就怪不得我心生感慨了。本应是虚构的车站，竟然真的存在！

话又说回来，以这种方式来到如月车站完全出乎了我的意料。不存在的车站现在成了驻日美军海军陆战队的野营地。

我们穿过没有工作人员的检票口，走过候车室，里面摆放着几张褪色的蓝色长凳。走出小小的车站，外面就是士兵们来来往往的营地。我们穿行在一顶顶橄榄绿的大帐篷间，中途遇到的哨兵向中尉敬礼示意，当看到我们时，不由得瞪大了眼睛。

空气里弥漫着汽油的味道，能听见发电机的嗡嗡声，这里应该是有电的。但营地十分昏暗，只保留了勉强够用来照明的灯光。

隔着一排排帐篷，对面凹凸不平的剪影似乎是装甲车，再往后就是用沙袋堆成的防御墙，上面架设着些机关枪似的庞然大物。

"为什么站台里没有放哨的人？"鸟子一边回头看着检票口一边问。

"因为很危险，当列车进站的时候。"

列车进站？

鸟子和我面面相觑。

中尉在其中一个帐篷门口站住了，他对跟在后面的格雷格说："上士，到这里就行了，去让部下们休整吧。"

"太危险了中尉，我信不过这两个家伙。"

格雷格用我们也听得到的音量说道。中尉叹了口气，摇摇头。

"上士，不要让我说太多遍。"

"……遵命，请务必小心。"

"我知道，辛苦你了。"

格雷格上士敬礼后用两根手指指了指自己的眼睛，又指向我们，是"我盯着你们呢"的意思吧。

"抱歉，部下做出这种无礼的举动。他们的精神也接近崩溃了——我非常不愿意提出这样的请求，但还请你们尽量不要刺激他们。"

中尉用疲惫的口气说完，朝帐篷里的人请示。

"少校，我回来了。"

"进来吧。"

我们跟在他后面进了帐篷。

坐在桌子对面写字的男人抬起了头，他有着暗金色的头发，梳着背头，眼神凌厉。男人看到我们之后马上站了起来，他看上去非常结实，个子高大，头几乎要碰到帐篷的顶部。

"中尉，她们是？"

"我们做地势调查回来时遇到的普通市民，据说是在约一小时前从东京进入'另一边'的。"

"进入点（entry point）在哪儿？"

"进入点不明，似乎在发现时就已经到了这里。"

"知道大致位置吗？"

"可以推断出来，恐怕是在野兽（wild things）的领地内。当时她们正被'角男（horned man）''人面犬（face dog）'和'移动绞架（walking gallows）'追杀。"

听了中尉的报告，少校点点头。

"等到了早上就派侦察队去调查，人选你来定。"

"明白。只是，那附近有很多捕兽夹。"

少校的目光落在了我们身上，那双浅色的眼睛盯得我浑身发慌。

"你们是如何闯过那片满是捕兽夹的地区的？"

我无言以对。答案当然是因为我能看见他们所说的"捕兽夹"，但真的能说实话吗？从刚才格雷格的反应来看，说错话可是很危险的。正当我搜肠刮肚地想找一个合适的借口来渡过眼前的难关时，中尉突然开口为我们解了围。

"她们是沿着铁轨过来的，目前我们还没有在铁轨上发现捕兽夹。而在那之前——"

他停下话头，询问地看着我们。鸟子抢在我前面回答。

"之前是运气好。"

少校怀疑地皱起眉头。

"你们会在这里，本身就很不走运了。总之，欢迎你们。我是少校雷·瓦尔库尔，目前是这支部队的指挥官。"

我和鸟子也报上了姓名，还不忘加上一句自己只是普通大学生。

"东京的大学生吗？这样一来，我们在冲绳的山里误入歧途这件事就更令人难以置信了。"

准确说来，我的大学不是在东京而是在埼玉，但我故意没有纠正他。

"您说'目前',意思是?"

"在来这里的路上,我们的队伍里死了很多人,精神失常、下落不明的也不在少数。其中最糟糕的莫过于那些受捕兽夹影响,肉体和精神出现了畸变的士兵。虽然他们之中大部分都借战友之手获得了解脱,但也有制造了更多牺牲者并逃到荒野中的家伙。"少校担忧地看着我们,"你们没事吧?有没有觉得哪里不对劲?之前那些人肉体上和精神上的变异都是在不知不觉间发生的。如果你们有任何不对劲的感觉,要赶紧说出来。"

鸟子和我同时摇头。

"没有。"

"没……没有。"

他静静地注视了我们好一会儿,点点头。

"那就好。要是我们的部队里还有幸存下来的女性队员的话,就可以让她们为你们检查身体了。但现在看来似乎只能相信你们了。"

"您真是……绅士。"

我的口气里透出怀疑的意味。少校的眼角露出了些笑纹,似乎觉得我的话很有趣。

"我们必须努力保持最起码的文明。不然在这个地方,人很轻易就会堕落成野兽,假如真的成了野兽,我们逃脱的希望也将毁于一旦。"

中尉接过话头。

"说不定什么时候,我们也会追随着同伴的脚步奔向荒野。即使幸免于此，再这样被困下去，不是物资耗尽饿死，就是抵挡不住'野兽'们的袭击被杀死。如果能顺着你们来时的路回去就好了。"

"我看见你们有装甲车，那个不能用吗？"

少校回答了鸟子的问题。

"我们手上确实有几辆MRAP（反地雷伏击车），但作为燃料的轻油非常有限，只能优先供应给发电机。即使有充足的燃料，考虑到捕兽夹能令机器变异这一点，我们也不能贸然使用。"

"意思就是我们被看不见的雷区包围着，困在这个车站里不能轻举妄动。"

中尉用自嘲的口气总结道。他深陷的双眼里饱含着的与其说是期待，不如说是浓浓的憔悴之色。我甚至觉得这个人自己已经快要放弃逃脱的希望了。

"铁路上没有捕兽夹对吧？让全体士兵沿着铁路前进，寻找出口怎么样？"

"这个我们当然也尝试过。向前后两个方向各派出一支分队，回来的却只有一个人。那个人回来时步伐轻快，跟散步似的，一边哼着小曲一边细细切割着自己的脸呢，用他那把最顺手的卡巴军刀。"

他用波澜不惊的语气描述着凄惨的一幕，我听得脸都白了。少校的脸上浮现出微微的笑意。

"我们会提供空帐篷给你们，保证不会有任何人靠近，放心好了。到了明天早上，希望你们能带侦察兵回到那个'进入点'。"

"好……好的。"

"明白了。"

"哦，还有一件事——"少校对着被中尉带出去的我们说，"建议你们不要使用电话。"

7

"……好像，可以打电话？"

"毕竟竖着天线呢。"

我看着自己的手机，感到匪夷所思。

我们被带到一个杂乱的帐篷里，里面放着一张简易床铺、一张桌子和几把折叠椅，地上散落着吃过的军用食品和被踩扁的空瓶，说是帐篷其实更像是一片废墟。不知道之前那些在这里生活过的人发生了什么。我们在简易床铺上并排坐下，看向手机。鸟子也凑过来盯着我的屏幕，明明用自己的试就好了。

"现在是一格……啊，变成四格了，虽然不是很稳定，但似乎有信号。"

"那，我们打打看呗。"

"打到哪儿？给谁？"

"小樱。"

"小樱啊……"

"欸？"

我下意识地回过头，空荡荡的帐篷里只有我们二人。我的脑子里一片混乱，小樱开口催促："然后呢？"

"啊，那个……"

"小樱，我们俩，现在正从'里世界'给你打电话呢。"

"哈？"

就连小樱似乎也吃了一惊。

"那边有信号吗？别开玩笑了。"

"说……说得有道理，但这是真的。"

"听我说，我们在新宿街上走着走着突然就进入了'里世界'。然后，这里竟然有军队！驻日美军！"

"啊？"

"鸟子你这么说别人听不懂啦。啊，这里是'如月车站'，你知道吗？啊，对不起，小樱肯定是知道的吧，不好意思——"

"喂，你们这两个白痴……说清楚一点。"

我们便在噪声的干扰下把事情的来龙去脉说了一遍。大致听完后，小樱怀疑地问："他们说自己是白马营的？"

"是……是的。"

"不是黑马？"

"没有提到黑马。"

"这个名字有什么问题吗？"

"黑马营我倒是知道，那是一支配备了次世代高科技装备的试验部队，就算带着步兵随行机器人也不奇怪，事实上在冲绳好像就有。但是——起码就目前公开的信息来看，没有叫作'白马营'的部队。"

"也就是说？"

"恐怕，他们是一支什么秘密部队。"小樱压低声音说。

"但他们很干脆地报上了名字啊？"

"说不定是在说谎，要不然……就是不担心你们会泄露秘密。"

"欸，意思是我们会被灭口？"

"没有啦，想稳妥地封住一个人的嘴还有很多其他办法……虽然我想这么说，但据我所知那些人的精神都不是很正常，要是发现了你们身体的异样，会毫不犹豫地扣下扳机吧。你们再在那里待下去的话——"

"我们该怎么办？就算要逃跑也不知道该往哪儿……"

"……不掉了。色。"

小樱的声音变得更加低沉了。

"喂，你刚刚说什么？"

"你逃不掉了。"电话那头的小樱说。

一阵鸡皮疙瘩爬上脊背。我条件反射地站了起来，手机从我手中落下，掉在帆布材质的简易床铺上，小小的屏幕发出刺眼的光。

"……候车。注意安全。下一站，如月站。"

"小樱？"

鸟子轻声说，用手抓住我的胳膊。我们俯视着手机屏幕，不知不觉间靠在了一起。

"列车即将进站，请在白线外候车。快点。"

扬声器里断断续续地传出小樱的声音。

"站台边缘的蓝灯，看着海豚的影像，请。即将穿过道口。游乐园常见的猴子电车。拿着铁丝的老人要来了。"

突然，手机响起了高亢的金属声，我们俩吓得跳了起来。

铛、铛……如同敲钟一般的声音，尾音拖得长长的。

而后，伴随着轰鸣，地面一阵震动。我以为一切即将结束，没想到从军营方向突然传来了嘈杂的声音。有人拖着沉重的靴子来回走动，有人在用粗野的英文互相呼喊。发电机的嗡嗡声变得越发响亮，硬物咔嚓咔嚓相撞的声音响彻整片营地。

回过神时，手机屏幕已经暗了下去。我战战兢兢地把它捡起来，发现电话挂断了。刚刚的对话真的不是幻觉吗？

"空鱼——"

我抬起头，鸟子带着不知所措的表情站在那里。

"小……小樱，她怎么了？"

她看上去一反常态，十分慌乱。我内心闪过一丝疑惑，随即明白了。这是理所当然的。比起我，鸟子和小樱认识的时间更长，小樱在电话那头突然开始说胡话，鸟子当然会感到不安。

"鸟子，现在先专心考虑我们的事吧。"

听了我说的话，鸟子咬住了嘴唇。

"嗯，可是，小樱她，那样……"

啊，原来如此——真是个好孩子啊，你。

我似乎逐渐了解了鸟子的秉性。她是一个非常为朋友着想的人，不只是冴月，小樱对鸟子来说也是非常重要的朋友。

她和我这种薄情的女人截然不同。

我斟酌着词句，开口说道："鸟子，我知道你很担心小樱。为了去确认小樱的情况，我们首先要从这里逃出去，一起回到原来的世界。OK？"

"……OK，我明白了。"鸟子点点头，"谢谢你，空鱼。"

"嗯……嗯。"

这时，从外面传来渐近的脚步声，帐篷的门帘被掀了起来。是德雷克中尉。他的目光投向我手中的手机，又转向我们的脸。中尉无奈地叹了口气，摇摇头说："所以才让你们不要打电话的。"

"欸……"

他没有给我发问的时间，反复叮嘱道："请不要出帐篷，战斗已经开始了。这里是安全的……大概吧。"

留下这句话，中尉便转身离开了。

他的脚步声逐渐远去，鸟子和我望着从门口缝隙间渗进来的光。

"……怎么办，鸟子？"

"走吧，我没法待在这里。"

"根本没必要问呢。"

我们掀开厚厚的布帘，走出帐篷。

8

营地里灯火通明，与适才的光景大相径庭。像夜晚的建筑工地一样，这里亮着耀眼的灯光，将周围照得犹如白昼。发动机的声响大得简直刺耳，我们本打算藏在隐蔽的地方掩人耳目，但这一计划在踏出帐篷的一瞬间就宣告失败了。

话虽如此，周围却没人注意到我们。海军陆战队队员们聚集在营地外围，正透过沙包堆砌成的防御墙向外观察。每个人都配着枪。早些时候看见的那些大机关枪旁边也趴着人，还摆放着几个用两脚架支撑着的圆筒……那是什么呢？

"鸟子，那是什么？"

"迫击炮。"

"那些巨型机关枪呢？"

"好像叫 M2[1] 吧。"

"为什么你知道得这么清楚啊？"

"只知道这些不能算清楚啦！是家里人教我的……话说你问别人

1　M2指的是M2式勃朗宁大口径重机枪，常见用于步兵架设的火力阵地及军用车辆。

这种事好没礼貌啊——"

嗯？获得了新情报。

鸟子不再谈论这个话题，继续向前走去。营地里有一些看上去像吉普车一样的装甲车，里面没有人。我们爬了上去，又顺着引擎盖爬上了屋顶。从高处能看到防御墙对面的景象。

营地外面一片漆黑。凝神望去，黑魆魆的山影在夜空和草原的交界处铺展而去。在一望无际的夜幕中，这片营地犹如一个发光的小岛。从我这个门外汉的角度来看，只有自家营地这么亮堂似乎于己不利，但这不是人类与人类之间的战斗，在这个世界里，说不定明亮的地方才是最安全的。

明明聚集了这么多人，却没有一个人说话，只能听见发电机的蜂鸣。突然间我察觉到，在这片嗡嗡声中混杂着些不合时宜的声音。

"音乐？"

鸟子喃喃道。确实像是音乐，是宫廷的雅乐吗？不，更像祭典的伴奏。钲[1]、太鼓，还有跑调的笛声。锵锵、咚、呜呜……听着听着，我开始怀疑自己刚才的判断了，乐声没有抑扬顿挫，拍子也颤颤巍巍的，基本上都是不协调的和声。随着不祥的祭典伴奏声变得越发清晰，视野中出现了一条黄色的光带。难以判断它离我们有多远，但似乎正从光秃秃的山坡上向下移动。这幅景象看上去就像举着蜡烛的队列顺

---

[1] 钲鼓，一种类似于钟的中国古乐器，在行军时敲打。

着山路往下走一样，但不知为什么有些违和。

奇怪，怎么前进得这么快，这不是人该有的速度。

有谁大喊着下令，迫击炮旁的士兵们开始朝炮筒中装填弹药。啾砰！炮弹发射时的声音就像放大了许多倍的打开奖状纸筒的声音，紧接着从炮筒里冒出一股黑烟。不知过了几秒，黑暗中炸出鲜红的火焰，迟来的爆炸声振动着鼓膜。看它体型小我就放松了警惕，没想到声音竟然这么大。

炮弹的落点离队列前方颇远，黄色光带演奏着跑调的乐曲，前进的速度没有放缓一分。阵地里又响起一声号令，这次连续发射了三发炮弹。

士兵们似乎对弹射距离进行了调节，这回炮弹的落点较为分散，其中有一发紧挨着队列炸开了。队伍有一瞬间的摇晃，但马上恢复原状继续前进。

接着，M2开始了射击，哒哒哒的金属质枪声让我不禁捂住了耳朵。枪口吐出橙色的火舌，子弹在空中划出一道长长的虚线，落点火花四溅。"祭典乐队"从曳光弹反射出来的飞尘中突围而出，我第一次清楚地窥见了它们的样子。

是脸，又是人脸。人脸有着凹陷的眼窝和微张的漆黑大口，和当初追着我们的那些模糊的白脸十分相似。一张张上下粘连的人脸正向着这边移动。

难以形容这支队伍的样子，就像古老的黑白集体照变成了一个巨

大的活物。每个人都面无表情，轮廓模糊不清，完全不知道它们想干什么。沐浴着 M2 的炮火，它们痛苦地蠕动、扭曲，但仍然执着地朝着营地前进着。

士兵们嘶吼着，各自端起枪开始扫射。营地里咒骂声、悲鸣声和祈祷声不绝于耳。

火力一刻不停地朝着队列招呼过去，但看不出效果如何。一长串的脸像蛇一样歪歪扭扭地从阵地前方数十米处横穿而过，简直就像故意吸引人去看它们一样……

我突然产生了一个想法。说不定它们的目的并不是直接对士兵们进行攻击，而是想让他们对脸产生恐惧，继而失去理智。我的脑海里浮现出被人面兽紧追不舍时那种快要发狂的感觉。难道一直看着这些脸，就会精神失常吗？

会受到影响一定是因为还没看穿这些怪物的真面目。我把注意力集中到右眼，脑袋一阵刺痛。或许是因为躲避变异点时用过头了。我用力闭了闭眼再睁开，视野突然变得清晰，我再次用右眼对焦上那群脸。

——那不是脸，也不是其他什么东西。是图案。那些看上去像是眼睛和嘴的东西，不过是白底上的点点黑斑罢了。

这是类像效应。人脑中有一套"面部识别系统"，对人类来说辨别他人的面部非常重要，所以大脑往往会倾向于把三个点组成的图形判断为人脸。那些灵异照片中，我们从树叶和阴影里看到的脸大致都可以用这一效应来解释。类像效应是大脑的一个BUG，一种无法避免的错觉。

这些脸并不是脸，不用害怕——这一点倒是令人宽慰。但通过这些斑点给人类带来恐惧的东西，到底是什么？我一边想着一边抬起头，眼前的景象差点把我吓疯。

"鸟……鸟子。"

"怎么了空鱼？"

"牛……"

"niú？"

从整体上看，怪物的形状比起蛇更像是毛毛虫。它的身体是由黑白人脸汇集而成的凹凸不平的疙瘩，上面伸出密密麻麻的树桩状手脚。怪物身体的顶部，刚好是中间的部分长着一个巨大的牛头。是一只长着弯角的漆黑公牛。两个角中间悬浮着一个用粗麻绳拧成的圈，圈中放射出蓝色的光芒。

倘若我"认知"到了它的本体，那是不是意味着海军陆战队击发的子弹就能打中它了呢？这么想着，我观察了一下战场的情况，却发现士兵们的意识都被人脸诱导了，他们的子弹似乎并不能到达我所"认知"到的那个现实层面。

"……鸟子，你能不能帮我开枪打它？"

"知道了，等我一下。"

鸟子四下张望了一圈，从车上跳下。或许是为了防备敌人的袭击，营地里四处放着枪械，并没有进行严密的管理。鸟子趁人不备借了一把带着巨大瞄准镜的步枪回来，枪身上有许多叮当作响的配件。

"久等了。"

"这是什么枪？我从来没见过。"

"是那个，叫作 M14……EBR 什么的。"

"原来如此。"

"你啊，问了也听不懂的话，不问不就行了？"

说得对，但从鸟子口中听到自己不知道的知识总觉得很有意思。

"然后呢？朝哪儿开枪？"

"那些脸上面，大概三米的地方。"

"明白。"

鸟子轻轻坐在车顶，把双手手肘放在屈起的膝盖上，摆好射击姿势。过了一会儿，我听见她扑哧一笑。

"怎么了？"

"刚刚不自觉地就凑过去看瞄准镜了，明明要打的是看不到的东西。"

"你这话说的就像什么歌的歌词一样。算了，随便开枪打打看。"

"了解，我随便打打。"

多亏了鸟子，我才能在这种情况下保持冷静。孤身一人的话现在……不，说不定我们俩早就疯了，竟然在这种局势下还能打趣说笑。

鸟子开始了射击。

"再往下一点。"

她把枪管往下压了压，再次扣下扳机。

"怎么样？打中了吗？"

"……好像不行。"

子弹确实击中了牛头附近，却直接穿过去了。为什么？

上次鸟子是对着八尺大人的头打的，而这一次我指示的位置在她看来什么也没有，说不定就是因为这一点不同。也就是说，你能不能认识到怪物的存在，决定了你能不能打中它。

这样的话，就只有一个办法了。

"鸟子，把枪给我，我来开枪试试。"

"喂，你们在干吗？"

士兵中传来了叫声。我看见了一张熟悉的面孔，是格雷格上士。大概是注意到了背后的枪声吧，但现在没时间管他了。格雷格上士叫喊着让我们马上下去，我没有理睬，学着鸟子的样子在车顶上坐了下来。

"你知道怎么用吗？"

"帮我一下。"

我接过沉重的M14答道。鸟子点点头，绕到我身后，帮忙调整我依葫芦画瓢摆出来的姿势。我把右眼凑近瞄准镜，牛头恰好映入眼帘。

"扶好我。"

鸟子用双手搭上我的肩膀，我扣下了扳机。

枪托重重击打在肩上，鸟子托住了我后仰的身体。瞄准镜离开了我的视线，但没必要再去看了。突然，一阵汽笛般嘹亮的牛叫声响彻云霄。

　　右眼中映出牛头轰然倒地的景象。而后，左眼看到那一大堆人脸尖叫着消融在空气中。在那数十名海军陆战队队员眼前，虚空中出现了璀璨的蓝光，随后又像玻璃似的破碎、飞散开来。

　　枪声倏然而止。刚才一刻也没停过的钲、太鼓和笛声就像被吸走了一样，从夜晚的草原上消失了。

　　"发生了什么？！"

　　德雷克中尉带着惊讶的表情推开部下向我们走来，而格雷格上士也难以置信地连连摇头。

　　"可恶，怎么会这样。是你们这两个家伙干的吗？真的假的。"

　　他凝视着怪物出现过的地方不停地咒骂着，难掩兴奋的神色。

　　"你们到底是怎么做到的，啊？是我误会了你们俩？如果真的是这样，那我向你们道歉——"

　　格雷格上士转过头来，眼泪从脸颊滚落，他带着孩童般无忧无虑的笑容抬头看着我。

　　他的笑容僵在了脸上。

　　"你——那只眼睛——怎么回事——"

　　鸟子看到我的脸，惊慌地叫道："空鱼，右眼！掉了！"

　　我吃了一惊，用手捂住脸，才后知后觉。

右眼倒是没掉，是戴着的黑色隐形眼镜掉了。变成蓝色的那只眼睛暴露了。

"果然你们也是那群怪物的同伴吗——"格雷格面无表情，缓缓地说。

"空鱼，快逃！"

鸟子从屋顶上滑下，顺着引擎盖跳到了地上。我也慌慌张张地跟在她身后。我们丢下步枪，一溜烟地跑了出去。

"等一下！那边很危险。"

身后传来中尉的声音。

"别去——电车马上要来了！"

我们没能理解这句话的意思，穿过野营地跑回如月车站，又冲过检票口来到了站台上。正在这时，突然又响起了刚才听到的钟声。

铛……铛……铛……铛……

"……是道口。"

鸟子脱口而出。没错，那不是钟声。而是列车经过道口的警示音。

在我们的左手边，"黄泉站"方向的铁路尽头出现了灯光。是一辆从这个不存在的车站经过的电车，让千锤百炼的海军陆战队队员也闻风丧胆的电车。车灯越来越近了。

我回过头，只见检票口对面，格雷格上士正率领着一群海军陆战队队员紧追而来。只能趁现在越过铁轨逃跑了吗？我将注意力集中到右眼，想看看有没有变异点，却发现开来的电车周身笼罩着银色的光晕。朦胧的雾气中，出现了两个影子。一辆是非常古老、锈迹斑斑的电车，另一辆是崭新的、我们司空见惯的——

"就是它！鸟子鸟子，出口来了。"

"就是那辆电车？"

鸟子从站台边缘探出身子。

"'表世界'和'里世界'在那里重合了。坐上那辆车，我们估计就能回去。"

鸟子狐疑地闭上一只眼睛，瞄着那辆电车。

"但是，它好像没有要靠站的意思。"

确实，电车的速度看上去一点都没有变缓。

"要等下一趟吗？"我干脆地摇摇头，"别开玩笑。只能上了，鸟子。"

"怎么上？"

"……把手给我。"

鸟子似乎从我的语气中察觉到了什么，露出难看的表情。

"该不会又要让我摸什么怪怪的东西吧？"

"我不否认。"

"就知道是这样！"

她虽不满地说着，还是摘下了手套，露出指尖透明的左手。电车渐渐靠近，在车灯的照射下，透明的指尖折射出不可思议的光辉。

"我该怎么做？"

“等我给你信号，你就抓住碰到的东西，用吃奶的力气拉紧。就像要把它扯下来一样。”

那片银色的雾霭，恐怕就是表里两个世界的接点。我能看见它，也就意味着鸟子肯定也能碰到它——

"虽然不是很懂——这么做不是很危险吗？"

"超危险，而且时间也超紧。"

"你说得我都没信心了。"

我的左手牵着鸟子的右手，她的掌心被汗濡湿了。

电车已经近在咫尺，我装作若无其事的样子微笑着说："总会有办法的吧，因为我们有两个人。"

鸟子惊讶地眨眨眼，张开嘴。

"那是我——"

"要上了！"

"哇啊啊？！"

我拉着她的手跳向逼近的电车。在车灯的照耀下，铁轨上映出两个拉长的影子。伴随着车轮与轨道咬合的隆隆声，电车越来越近。

好恐怖——真的好恐怖！余光里，鸟子在空中紧闭着双眼。虽然我也很想这么做，但不行，我必须睁着眼睛，直到最后的最后。闭上眼睛的话，我们俩都会被撞飞。

"——就是现在！"我叫道。

鸟子攥紧左手，用尽全力挥了出去。我看见表里世界之间那层纱

里世界郊游·两个人的怪异探险档案

158

幔似的屏障撕裂开来，我们的身体被撕开的缝隙吸了进去，与此同时，电车从如月车站旁飞驰而过。

"呜！"

我摔在车厢地板上，发出一声呻吟。我躺在那里上气不接下气，旁边的鸟子正战战兢兢地睁开双眼。

"……我们还活着。"

虽然还有些晕晕乎乎，但我还是慢慢地爬了起来。

下一秒，看到的东西让我浑身汗毛炸开，我迅速捂住了鸟子的眼睛。

"哇，等等，怎么——"

"不、不行，你先别看。"我用颤抖的声音说。

车厢内交叠着两种不一样的光景，其中一幅景象很不对劲。在年代不详的古老客车中，坐着几名沉默不语的乘客。其中也有身着海军陆战队制服的人。而在车的另一边有一群长着漆黑毛发的猿类生物，它们正手持钳子、小刀和电动刑具对乘客们进行着惨无人道的虐杀。

墙壁和地板上布满了黏糊糊、亮晶晶的血和内脏，看上去似乎已经有好几名乘客死于非命了。猿猴们肢解了一个人之后，又毫不留情地转向下一个人。明明知道危险即将来临，其他乘客不知为何却一动不动，一言不发。

眼前的景象诡异骇人到了极点，光看着就几乎要失声尖叫。我的大脑里负责感知恐怖的区域就像直接被挠了一爪子一样。刚才捂住鸟子的眼睛时并没有考虑太多，而现在我对自己下意识的举动深感庆幸。这么恶心的画面我自己看就够了——不能让鸟子看见。

啊，原来如此，那些海军陆战队队员一定是对这个充满了恐惧。他们看到了这辆飞驰而过的电车中发生的惨剧，并且害怕这辆电车会停靠在站台上，打开车门。

血迹斑斑的猿猴们看向我们，露出了獠牙。车内的景象渐渐变得模糊，我们终于逃出"里世界"了吗……不，不对。

是我失去了意识。

9

回过神时，我正蹲在地上，车厢里人潮涌动，后背传来温暖柔软的感触。

"没事了，没事了。空鱼，我们回来了。"耳畔是鸟子的声音，"我在，别怕，我和你在一起。"

我慢慢抬起头，逐渐明白了眼前的状况。自己正紧抓着门边的金属扶手缩成一团，鸟子从后面抱着我。

我提心吊胆地回过头去。鸟子的脸凑得很近，披散下来的金色长发凌乱地粘在脸上，但她浑然不觉，露出了安心的笑容。我呆呆地注视着那张端丽的面庞。

"这里是？"

在鸟子身后，一脸疲惫的乘客们反感地皱着眉头，躲得远远的。

回来了。回到"表世界"的真实感涌上心头，僵硬的身体也泄了劲儿。我握不住扶手，差点当场坐在地上。要不是鸟子扶住了我，恐怕我已经摔了个仰面朝天。

"空鱼……太好了。"

鸟子伸出没戴手套的右手碰碰我的脸。她用指尖擦了擦我的眼睛下方，我才发现自己的脸颊已经湿了。

"下一站，石神井公园，石神井公园。请从右侧车门下车。"

车内响起了广播。

是离小樱家最近的一站。

"站得起来吗？"

鸟子问，我点点头。

"没事……我可以自己走。"

我们总算从"里世界"平安回来了，现在要担心的就是小樱。回想起那通电话里小樱诡异的发言，我用力地迈出了仍在发抖的腿。

我们下了电车，赶向小樱家里。

鸟子打开大门直接闯了进去，快步走向走廊尽头。我跟在她身后，连鞋也等不及脱。

猛地打开房间门后，我们站在门口呆住了。

"……干吗啊？"

被一大堆书和垃圾杂物包围着，坐在桌子前的小樱不耐烦地回过头来。多屏显示器投射出的冰冷光线，杯垫上盛着热可乐的马克杯，室内的光景与我们上次见到的并无二致。

"你……你没事吗？"

"什么没事？"

"你刚才好像说了些奇怪的话。"

"哈？"

小樱怀疑地盯着一头雾水的鸟子。

"你们在说什么？你才有问题吧，嗑药了吗？"

我忍不住插了一句。

"那个，刚刚我们不是跟你在电话里聊天了吗？"

"电话——那个电话原来是你们打的啊，竟敢跟我玩些无聊的恶作剧。"

"恶作剧？"

"喂，你可别说自己不记得了啊？小空鱼，连你也干这种奇怪的事吗？"

小樱从杂乱无章的桌子上找出手机按了几下，开始播放通话录音。

"……路走回去。只能看见草原和山岭……因为是救生索呢。"

"故障……陷阱。或许说得过去……"

"进行了无数的问答。我觉得害怕便道歉了。"

"明明只有一只脚为什么我知道那就是爷爷。"

"莫名其妙的自言自语……"

"……这就是结局。"

噪声很大，听不太清楚，而且前言不搭后语的，但听起来确实是我和鸟子在轮流说着话。

"这就是你们说的聊天？"

我和鸟子茫然地面面相觑，找不出话来反驳。

一片沉默中，耳畔只有电车从远处飞驰而过的声音。

Otherside Picnic

档案4

时间、空间、大叔

1

　　我们二人伫立在"里世界"的草原上。

　　在"表世界"，现在已经接近六月末了。或许是季节变化也对这边产生了影响，进入"里世界"的那一刻，湿度高得令人惊讶。空气明显比之前沉重了不少。

　　让空气变得沉重的可能不只是湿度，还有我们之间弥漫着的尴尬氛围。当两个不怎么熟的人不得不一起行动时，这种情况也是在所难免的。

　　因为在我身边的并不是鸟子。

　　而是小樱。

　　这个自称是"里世界"研究者的小个子女生正难掩不悦的神情，瞪着眼前广袤的未知世界。

　　"那……那个。"我诚惶诚恐地开口，"我们去哪里找？"

　　"……"

　　没有回答。

　　"小樱？"

"……那家伙可能会去的地方，小空鱼应该比我更清楚吧。"

"我也不知道。"

"啊？那怎么办？"

"没办法……只能碰碰运气了……"

听到我支支吾吾的回答，小樱不耐烦地摇了摇头。

"真受不了，鸟子那个笨蛋！"她愤愤地吐出一句，"竟敢把我也卷进来，老子杀了她。"

"……说得对。"我低声说。

小樱想的刚好和我一样。

我也想杀了这家伙，杀了她。找到之后可不能就这么算了。

竟敢自顾自地消失不见。

鸟子的失踪发生在我们从如月车站回来后的第三周，也就是六月二十四日。

几天前，我们发生了争吵。

那天，我和鸟子在池袋会合后便进了淳久堂书店背面的咖啡馆坐下。正当鸟子探过身来，想开口谈论下一次探险的计划时，我对她说："那个，鸟子。我们要不要重新考虑一下？这种找法太危险了，有朝一日我们一定会死在那里的。"

急于寻找"朋友"冴月的鸟子想尽快确定下次探险的日期，但说实话，我已经有些疲惫了。"扭来扭去"、八尺大人、如月车站，妖怪接二连三地袭来，每次都让人胆战心惊。

我认为自己起码有权利说句"停一停"吧。

"那，你有什么其他的好提议吗？"

沐浴着透过窗户照射进来的午后阳光，鸟子的金发闪闪发亮。她皱着眉头注视着我，美丽得如同魅惑、拐走人类的妖精一般。

"空鱼？"

"啊……嗯。"

我晃晃脑袋。已经见了这么多次，差不多也该看习惯了吧。我把手伸向桌子上的饮料，想转换一下心情。

今天的碰头会也是庆功宴，桌子上又摆满了鸟子心血来潮点的一大堆吃的。

墨西哥饭、巧克力樱桃蛋糕、法式抹茶砖，以及"当日推荐的覆盆子挞"。至于饮料，鸟子喝的是拿铁，我则点了葡萄红茶。差不多可以得出结论了，鸟子的点菜方式很奇怪，起码等到吃完墨西哥饭之后再点蛋糕啊。

"要是有更安全的方法就再好不过了，但不是没有嘛，只能脚踏实地去找了。"

"没想到竟然能从你口中听到'脚踏实地'这个词。"

"欸？我还以为自己一直很脚踏实地呢。"

鸟子惊讶地说。你是不是把实地和死地弄混了？[1]

1　原文为"地道（脚踏实地）"与"獣道（野兽行走的小路）"的谐音双关。

"算了，你说是就是吧。但说要找冴月，实际上却一点线索也没有，不是吗？我没想到竟然要靠碰运气来找。"

鸟子移开了视线。

"可是……"

"没什么好可是的。我知道你想尽早找到冴月，但正因如此，我们才要好好找，不是吗？"

"我也觉得你说得对，可是没时间了。就在我们商量的时候，冴月说不定正处于危险之中。"

"在我们商量的时候吗……"

我环顾了一下这家一片祥和的咖啡店。晌午已过，咖啡店里来了许多在附近大学就读的学生，学习的、看书的，还有聊天的，大家自得其乐。在旁观者看来，我们也是其中的一员吧，尤其是桌子上还摆着满满当当的蛋糕茶饮，就更加没有辩驳的余地了。说自己要去搭救在危险的地方遇难的人？别开玩笑了。

总觉得鸟子这个人有些自相矛盾啊——明明因为必须去找冴月而焦急万分，却又要来开庆功宴，真是随心所欲。你以为她其实不是认真的，她却又摇身一变显示出过人的胆识。我本以为经过这三次"里世界"探险，自己已经渐渐开始了解鸟子了，再一想果然还是看不透她。

"而且，我们也不能放着那些人不管吧。"鸟子又接着说。

"欸？"

一时间，我根本没听懂鸟子说的话。

"那些人现在还被困在如月车站孤立无援。要是没人去救他们，一定会全军覆没的。"

"……哦哦，你是说那些士兵啊！嗯——对，确实，说得也是。"

我已经把如月车站的那些美军士兵全忘了。确实，他们应该坚持不了多久。虽说当时脑子里只有自己的安危，但把有过一面之缘的人丢在那种地方弃之不顾，就连自己都觉得有些冷血。

但是啊，我不是在找借口，他们可是把我们当成怪物来对待。那群人里能交流的只有那个卷发中尉和少校而已吧。

"没想到鸟子你竟然那么担心那些人。"

"为什么会这么想？"

"因为你那时候看上去比平时更冷淡，我以为你对他们充满戒心呢。"

"毕竟对方也挺激动的，什么时候突然对我们开枪也不奇怪。"

"就算是那些差点对我们开枪的人，你也想救吗？"

"待在那种地方，谁都会发疯的啦。只要有机会，我就想去救他们。空鱼你不这么想吗？"

鸟子率直的发言从正面给了我一击，我感到一阵窒息。这样看来，自己不就像是在找各种理由见死不救吗？

但我宁可被说没人性，也不想被仁慈所左右而去冒无意义的险，那可是要赌上我们俩的理智和性命啊。

"……鸟子，你刚刚说了'不管是谁在那边都会发疯'，实际上我们自己也差点发疯了，你还记得我们和小樱打的那通电话的录音吧。"

一想起当时的事，我就压抑不住心头的不安。我们在如月车站向"表世界"打了一通电话，然而回到"表世界"重新听那通电话的录音时，我们和小樱的正常交谈却变成了完全不知所云的胡话。我和鸟子在丝毫没有察觉的情况下，对着电话不停地胡言乱语。

我曾听说过，发疯的人不会意识到自身举止的怪异之处。精神错乱有着各种各样的症状，不能一概而论，但我们的表现明显属于精神错乱的行为。我和鸟子何止是"差点发疯"，甚至可以说已经病得很严重。

"那是……但是，也只限于那个时候对吧。现在我们已经没事了——"

鸟子的反驳显得有些缺乏底气，没有人在知道自己的言行失去了控制的情况下还能保持平静自若。

狡猾的我在这个问题上步步紧逼。

"可不只是鸟子你，在那通电话里，小樱也有些不正常不是吗？"

当时，电话那头的小樱说了一些奇怪的话。鸟子的心态因为这件事受到了很大影响。

"那只是我们以为自己听到了吧，毕竟小樱的声音也没录上——"

"电话录音里的确只有你我两个人的声音，但仔细一想这不是很奇怪吗？当时小樱可是对着我们不停地说着奇怪的话，怎么到了录音里，就从头到尾一言不发地听着呢？"

"啊……"

鸟子瞪大了眼睛，我接着说道："我们不知道在'里世界'通过电话线路将'表世界'联结在一起的时候，到底发生了些什么。小樱在'表世界'，她的手机里的确录下了我们说的胡话，但假如我们在'里世界'也录了音，说不定就能录到小樱说的胡话。"

"那……只不过是你的想象而已吧，没有根据……"

"我想说的是，'里世界'能对人类产生消极的影响，对我们，还有小樱，两边都是。"

"可是，小樱的工作就是研究'里世界'。"

"因为工作，小樱发疯也无所谓吗？"

"这种说法太耍小聪明了。"鸟子瞪着我，"空鱼你那时候不也很开心吗？你也想要钱对吧。"

"那当然想要了。但是，死了的话就得不偿失……"我犹豫了一下，继续说道，"——你也意识到了吧？"

"什么？"

"冴月的事。她失踪了几个月来着？三个月？还是更久？"

鸟子无言以对。我被她的沉默所压倒，但仍然坚持说了下去。

"在那个危险的世界里三个月音信全无，这到底意味着什么，你不可能不懂。我们也一起看到了对吧？被'扭来扭去'袭击过的尸体、消失的肋户大叔，还有接连死去的美军，虽然很难说出口——"

我自己也知道话题正一步步滑向危险边缘，但一旦开了口就再也收不住了。

"——冴月她已经，不在这个世上了。"

我们陷入了沉默。鸟子垂下眼睛，形状姣好、看上去很柔软的唇抿得紧紧的。

终于还是说出来了。

这个想法我很早就产生了，我也预感到自己有朝一日肯定会说出口。但即便如此，在备受打击的鸟子面前，我还是难以抑制心中的罪恶感。

"可……可能这么说有些过了，但……"

"还活着。"

我不禁带着歉意开口，但鸟子打断了我，斩钉截铁地说。

我惊讶地眨了眨眼。

"冴月她还活着，绝对。"

"欸，你怎么知道——"

"因为她不是会死在那里的人。"

她的深信不疑让我说不出话。

能得到如此深厚的信赖，那个名叫冴月的女生到底是什么类型的人？起码她肯定和我这种人有着天壤之别。

"冴月她对我来说，是特别的。拜托了，帮帮我吧。要不我把自己的那份钱也给你。"

"哈？！"

我有一瞬间的失神，血直冲脑门。

鸟子，你竟然说这种话？

你以为我是因为嫌拿的钱少，才不愿意去的？

"你不想要钱吗？"

"不是这样的！"

极度的焦躁让我提高了声音。

"我知道那个叫冴月的人对你来说很重要，但她对我不是。我们见都没见过，一句话也没说过。难道你让我为了一个素未谋面的人赌上自己的性命吗？"

鸟子瞪圆了眼睛凝视着我，仿佛在看一个陌生人。

透过拿铁和红茶袅袅升起的热气，我们注视着对方。

"原来……也对。我明白了。"

鸟子喃喃自语着，移开了视线。

她站起身，从放包处取出自己的包。

"对不起，好像是我误会了。"

"等等，鸟子。"

"之后我会一个人再想办法的，谢谢你。"

"鸟子！"

我想叫住她，但鸟子没有理会，走出咖啡馆离开了。

"……唉，真是的。"

我筋疲力尽地靠着椅背，叹了口气。

自己真是既狡猾，又懦弱。

其实我想说的不是这些。

我想说的是……我好害怕，我不想变得更不正常了，我们还是别去了吧。

但终究还是说不出口，说出来一定会让鸟子感到失望的。她需要的是能帮助自己进行"里世界"探险的伙伴，而不是胆小又拖后腿的累赘。

所以我用了拐弯抹角的说法，结果反而让她更加失望。

我到底在干些什么啊。

面前的桌子上放着一堆几乎还没动过的蛋糕，让人不知如何是好。

"一个人吃也稍微有点多了吧。"

我注视着对面空荡荡的椅子，自言自语地说。

2

"你们俩吵架了？"

接起我的电话，小樱的第一句话就让我无言以对。

"……为什么这么想？"

"那家伙前段时间一个人来我家了。平时都跟小学生似的叽叽喳喳吵个不停，这次却阴沉沉的，从另一种意义上说也很烦。你们情侣吵架能不能别把我卷进来，麻烦死了。"

"抱……抱歉。"

下意识地道了个歉之后我才感到不平，什么叫情侣吵架啊？

"那个，鸟子去你家是什么时候的事？"

"三天前。"

"这样啊……"

"你们什么时候开始不联系的？"

"五天前。"

"嗯哼，看来那家伙比小空鱼更经不住打击。虽然我早就知道了。"

"你是指？"

"吵架之后拉不下面子道歉，也没胆量联系对方，只能给共同认识的人——也就是我——打电话寻求交流的契机。走到这一步，鸟子只用了两天，而小空鱼用了五天，就是这样。"

"唔……"

只听电话那头的小樱哼了一声。

"我……我还是联系过她的，但鸟子根本没回复我。"

"啊——烦人。两个人都是胆小鬼，真的烦人。"

"唔唔。"

听到我低声的哼哼，小樱带着发自内心的不悦说："唉……你想要那家伙的个人情报吗？"

"什么情报？"

"鸟子的住址，直接去一趟如何？"

我只犹豫了一小会儿。

"请……请告诉我，我想知道关于鸟子的情报……"

"发给你。"

"麻烦你了……"

"道谢就免了，都到夏天了，中元节[1]给我送点礼来。"

根据从小樱处得来的信息，鸟子的住址是位于日暮里的一所四层公寓。据说她一个人住在公寓最高层的房间里。

我在第二天临近中午时到达了那里。这所公寓虽然有些旧了，但一看租金就不便宜。住的可真好啊，这个臭有钱的——条件反射地冒出了这种想法，我可真讨厌。

第一个难题出现了：公寓入口的自动门打不开。过了五分钟我才发现旁边带数字键的操作盘就是呼唤铃，按下对应的房号，住户才能为你开门。

当初只想着直接到房间前按门铃就好了，没想到刚出发就碰了一

1　在日本，中元节（农历7月15日）有向照顾过自己的人送礼表示感谢的风俗。

鼻子灰。我盯着操作盘，半晌才下定决心把手伸向按钮。4、0、4。这样一来鸟子房间的铃应该响起来了。我不安地等待着，很快从操作盘上的扩音器里传出了声音。

"……你好。"

"啊、那个，鸟子？是我。"

"……你好？"

"我是纸越……"

"你好。"

不是好不好的问题吧。

鸟子冷淡生硬的回答让人心头冒火。我抑制住自己的怒气，说道："抱歉突然过来，我向小樱问了你的住址，能开个门吗？"

"……"

对面的人没再说话，一阵杂音之后，通话被挂断了。

与此同时，入口的自动门打开了。

这家伙怎么回事，不能再多说两句吗？

我怒气冲冲地进了公寓，踏进电梯间，按下四楼的按钮。心不在焉地望着墙上关于"清洁水箱"的通知时，四楼到了。

404房在四楼的走廊尽头，我沿着安静的过道向前走去。高度及胸的围墙外是台东区谷中的街景，晴空下，通往车站的坡道上的车辆和行人来来往往。今天是周末，附近似乎十分热闹，能清楚地听见车站广播和电车驶过的声音。

以前只觉得人类活动发出的各种声音烦人吵闹，自从去了好几次"里世界"，如今听到这声音竟让我感到无比安心。如果是以前的我，只会想着烦死了、都去死吧之类的。虽然现在有时也这么想，但我知道比起暴躁的高中时期，自己的心态已经平和了不少。这当然也多亏了"里世界"，让我体验了一番令人恐惧的寂静，但另一个更大的原因——虽然这么说很不甘心，或许应该归功于与鸟子的相识。

我站在 404 号房前，注视着猫眼。

看，鸟子，我来找你和好了。快放弃挣扎出来吧。

我按下门铃，房间里传来啪嗒啪嗒的脚步声。

怎么现在才着急啊——家里来了不速之客，就算是我行我素的鸟子也会手忙脚乱吗？我不禁笑了起来。这时，房间里的脚步声变得激烈，就像里面的人踩着地板在跑圈一样。

再怎么说这也慌过头了。

"鸟子？不用着急，慢慢来就行哦？"

我隔着门说。脚步声在那一瞬间停止了，接着突然一口气朝这边冲来。

咚！咚！咚咚、咚咚、踏踏踏踏踏踏踏踏！

"欸？！"

脚步声以极猛的势头冲向房门，我的心脏一下子缩紧了。

我下意识地向后仰去，眼前的门……没有打开。

全力冲刺的脚步声，归于死寂。

"鸟……子？"

我按下突突狂跳的心脏，用嘶哑的声音呼唤着鸟子的名字。没有人回答。从听到的声音判断，她应该就站在门的另一边……

不，难道她晕倒在里面了？

我突然不安起来，伸手握住门把，动了，门没有锁。

"鸟子，你没事吧？我开门了啊……"

我一边说一边压下门把手，拉开门。

我提心吊胆地从缝隙中向内望去——我倒吸了一口气。

在门的另一边，充满了蓝色的光。

一片看不见尽头的，无垠的蓝。我仿佛失去了空间感知能力，快要被这片蓝色所吞噬。在蓝色的前方闪着神秘莫测的光芒，有如从水底看到的太阳，不断摇荡着。光芒似乎越来越近，一阵恐怖袭来，我砰地一声关上了房门。

一步，两步，我一边紧盯着那扇门一边向后退去。

毋庸置疑，这是我和鸟子相逢那天，在大宫商店街的废弃小屋里看到的那片蓝色。是幻化成八尺大人模样的鸟居状物体深处的蓝光，也和我们在如月车站遇到的牛头怪物头上发出的光一样。

我僵硬了片刻，生怕那片蓝光冲破没锁的房门喷射而出。但房门纹丝不动，也听不到半点声音。

——和大宫区那间废屋一样。

当时我们被撞击房门的声音吓了一跳，透过猫眼往里看时，遭遇了那个蓝色的世界。

如果这一次也是一样的展开，那我再次打开那扇门，说不定景象就会恢复正常。

我再一次握住门把，轻手轻脚地打开门。

门的对面依然是一片蓝。

"真的假的……"

我茫然地呢喃了一声，又轻轻把门掩上。

为什么鸟子的房间里会充满了来自异世界的蓝色？

以及——鸟子身上到底发生了什么？

她在那片蓝色之中吗？

还是说她已经像肋户一样，不知去往了哪里？

双腿不住地颤抖，我不知道该怎么办。

我深呼吸试图保持冷静，但当我看向过道外面时，发现了一件奇怪的事。

太过安静了。就在刚刚还能听见电车飞驰的声音，现在连这个声音也消失了。

我扶着墙向外眺望，来来往往的行人和车辆都已经杳无踪影。

"给我等一下……"

呢喃声无力地消散在空气中。

强烈的不安侵袭而来，我冲了出去。我按下电梯按钮——还好，有反应。我焦躁地等待着，走进电梯，按下一楼的按钮，又连按了几下关门键。门慢慢地合上了。

在下行的电梯间里，我的目光突然被墙上贴着的纸吸引住了。

关于清洁水箱的通知

致各位业主

我们收到多条关于水龙头流出头发的投诉

并进行了调查

由于负责人失踪的缘故

未能及时采取对策

目前已在水箱内发现

产生头发的异物

将采取适当措施进行处置

在此向您致以万分的歉意

……刚才看时，是这么写的吗？

还没等胸中高涨的违和感平息下来，电梯已经到了一楼。我快步穿过大门，飞奔出这幢公寓，我站在马路中央左右张望，路上一个人也没有！

目光所及之处，除了自己以外没有其他会动的生物。宛如"里世界"一般诡异的静寂笼罩着街道，简直就像只有我一个人还活在这个世界上一样。

正当我呆呆地伫立在这片静止的街景中时，手机突然响了。

我吓得差点跳了起来，手忙脚乱地摸索着从包里掏出手机，是鸟子，还是小樱？不管是谁都好，只要能听到除了自己以外的声音就宽心了。

但看到手机屏幕时，我的眉头皱得更紧了。

来电人的那一栏写着"ル○及○丗了"。

又变成了乱码？自从在"里世界"浸水之后，这台手机就有些不对劲。明明已经修过了……

最终我还是按下了接听键，接通了电话。

"……你好。"

"哦哦！找到了，找到了。"

"你好？"

电话那头传来了陌生的男声。我迷惑不解，男人口中冒出了我的名字。

"你是纸越空鱼对吧？"

"是的。"

我下意识地回答，话刚出口就感到后悔。糟糕，大意了。

男人用匆忙的口气对后知后觉戒备起来的我说："啊——我马上过去，你待在那儿不要动！"

"……那个，你是谁？"

我开口询问时电话已经挂断。

我正一脸迷茫，这时从身后传来了真正的人声。

"嗯嗯，是的。已经找到她了，马上进行处理。"

回头一看，一名穿着灰蓝色工作服的男性正一边打电话一边大步流星地从马路对面走过来。是个没见过的中年男人，工作服的胸口绣着一个像是风车又像是花瓣一样的图案。

我感觉到了危险，正要逃走，男人走到我面前不耐烦地叹了口气。

"你做这种事给我们添了很大的麻烦。快放弃找那孩子，赶紧回去吧！"

"啊？"

"不然的话，下次可就回不去咯——"

他用威胁的口气说。下一秒，我听见了汽车喇叭的声音。

我尖叫着缩成一团，一辆汽车从我身旁驶过。

回过神来，周围的街道已经恢复了喧闹。路人纷纷对站在马路中央的我投以疑惧的目光。

"回来……了？"

我抑制住因为安心而想当场坐下的冲动，走到人行道上以策安全。

在靠着电线杆调整呼吸时，我终于想起来了——

一个名叫"时空大叔"的网络怪谈。

3

"时空大叔"的故事是这样的。

主人公突然误入了一个空无一人的世界。在上下学、上下班的路上等，本应是平日里司空见惯的地方，不知不觉间行人和车辆却都消失不见了。在那个只有自己一个人的世界里，主人公遭遇了一名"大叔"。大叔多为工人或勤杂工打扮，因为主人公的出现而面露惊讶的神色。"你怎么在这里""快出去"——在被一通训斥，遭到莫名其妙的警告之后，主人公突然发现自己已经回到了原来的世界。

这个怪谈的细节有许多个版本，但基本流程就和我刚刚经历的一模一样。

与"如月车站事件"相同，这也是一个"误入异世界"类型的故事。"大叔"会不会是个守门人，负责监视有没有人侵入异世界并遣返误入歧途的人类，抑或监视组织中的一员——有许多人给出了这样的解释。

我烦躁地咬紧了牙关，假如当时再仔细"看"过就好了。要不右眼的隐形眼镜还是别戴了比较好，覆盖着彩片时右眼的能力会受到限制，没法及时派上用场。但蓝色的瞳孔果然还是太显眼了吧……

等一下。鸟子的房间之所以会变成那样，说不定正是因为我在不知不觉中踏入了另一个世界。一个看似与"表世界"相同，却空无一人的大叔世界。

电梯里贴着的纸也有些诡异，那么骇人的内容按常理来想本就不可能。万一真有人死在了水箱里，写通知时得更斟酌一下用词吧。

我想起上次开完庆功宴后走出居酒屋时周遭险恶的气氛。或许当我们不是从某个确切的入口，而是从"表世界"慢慢向"里世界"移动时，有可能会穿过存在于两个世界中间的某个领域。居酒屋店员发狂、后厨传来犬吠声、街道变得空无一人、电梯里的贴纸变得诡异，这些事情都发生于正常与异常的交界线，也就是大叔所在的世界。这个推测听起来十分具有说服力。

也就是说……现在我回到了正常的世界，鸟子的房间可能也恢复了正常？

我从电线杆旁站直了身子，飞奔回那幢公寓，扑向入口处的操作盘，呼叫 404 号房。

……没有反应。

糟了。要是没人从里面给我开锁，入口的自动门就不会打开。

要在这里等其他住户出入时跟在他们身后溜进去吗？

耐心等待的话说不定有机会，但现在我非常担心鸟子的状况，等不了那么久了。我不抱希望地取出手机，想再给鸟子打一通电话，却发现自己不知不觉间收到了好几封陌生邮件。

发件人是——我自己。

"……我？"

我一头雾水地打开邮件，没有正文，只有几张照片。

是鸟子的照片。

画面上映出了鸟子走进神保町那栋商住大楼的背影。她身穿军用夹克衫、牛仔裤和绑带皮靴，戴着一顶便帽，背着登山包，明显是要前往"里世界"探险的打扮。

拍摄者用不同的角度连续拍摄了四张照片。有的没对准焦，有的画面歪了，还有的部分图像出现了噪点，看起来像是偷拍。最后一张几乎是从正面拍摄的，但鸟子好像并没有意识到镜头的存在。

照片上的时间显示是十分钟前拍摄的，也正是我在公寓四楼陷入恐慌那会儿。当然，我完全不记得自己拍过这种照片。而且收信时间显示是昨天，我和小樱打电话的时候。

"这什么啊？！时间地点都乱七八糟的！"

我忍不住大声说。站在别人家公寓的入口处吵吵嚷嚷的，被骂也不冤，但这实在是太难以理喻了。虽然发生的每件事都十分诡异，但这么接二连三地涌上来，相比于恐惧，难以理喻之情占了上风。

行了，冷静下来……先梳理一下目前的情况吧。

我一边说服自己一边走出公寓，抬头望向四楼的房间。

嗯……一开始我在入口处联系鸟子，她给了回应，自动门也打开了。

然后当我走到鸟子的房间时，发现房间里充满了蓝色的光。

离开鸟子的房间后，世界就发生了异常。或者说，我踏进了大叔所在的世界。

之后，我马上接到来自时空大叔的电话，并被赶回了原来的世界。

与此同时，鸟子在遥远的神保町向"里世界"进发，而某个人拍下了这些照片并将它们发送给了昨天的我。

"这是什么情况啊……"

我不禁抱住了头。没有一件事是说得通的，种种事件恣意发生，完全梳理不来。

话虽如此，假如这些照片是真的，那鸟子的去向就清楚了。

她为了寻找那个叫冴月的女生，一个人去了"里世界"。

放着她不管也没关系吧？鸟子虽然看不见变异点，但她比我更熟悉"里世界"的情况，此前她好像就和冴月一起去过，实际上在和我相遇之前，她也曾独自一人多次前往"里世界"，现在又有了能抓住"里世界"物质的手。

既然你那么眷恋冴月，既然我不在你也觉得无所谓，那就随你去好了……这样的想法在我脑中闪过，就在这时，我发现了一件瘆人的事。

第三张照片是从左下方斜着向上拍的，上面是正走在昏暗的商住楼走廊上的鸟子。而照片的一角拍到了另一个人。

我的脸色陡然变得苍白。

那个把脸深深藏在风衣帽子里的人，是我自己。

兜帽的影子下，琉璃色的右眼闪着光。我面朝鸟子，脸十分丑陋地扭曲着，宛如自己内心感情的流露。

当然上面拍到的并不是真正的我。尽管如此，从照片上我看到了自己对鸟子有着各种各样的想法，这让我受到了极大的冲击，就像挨了一拳。

在这张一切都极为荒诞的照片里，只有我的感情是真切的。

换一种说法就是——"我自己心里有数"。

只有第三张照片中出现了神情扭曲的我，要说是角度问题，但在其他照片里却丝毫不见我的踪影。鸟子看上去也没注意到那个"我"。

这也就是所谓的灵异照片吧。先不论我的分身（doppelganger）到底是什么东西变成的，她正用令人不安的眼神注视着鸟子。

我在原地呆立了半晌，终于迈出脚步，离开那栋公寓走向来时的车站。

一定是出了什么问题，我竟然想抛下一个人去往"里世界"的鸟子不管。在那一瞬间，自己竟然产生过这样的想法，真是令人难以置信。

脑海中浮现出时空大叔说过的那句令人耿耿于怀的话。

他说"快放弃找那孩子，赶紧回去吧"？

从当时的状况来看，"那孩子"毫无疑问指的是鸟子。

后来大叔好像又说了"下次可就回不去咯"之类的，别看不起人了。虽然不知道那个大叔到底是何许人也，但他如果想靠这种警告来让我打消寻找鸟子的念头可就大错特错了。现在马上去神保町吧，追在鸟子身后，把她带回来。明明看不到变异点还一个人乱跑，鲁莽也要有个限度。看我不好好教育教育你。

我喘着粗气，顺着通往车站的坡道往下走。走着走着我又改变了主意。

不不不，就这么过去未免太草率了。

先回一趟家整理装备吧，枪也不能不带。

或许应该先去补充点什么？到了晚上就需要手电筒，还有食物也……

现在马上回家最少也要花上两个小时，如果买东西就更花时间了。我想尽可能避免长时间的搜索，免得要在"里世界"过夜。不如今天就算了，明天再出发？

这么想着，我的脚步逐渐变得沉重起来。

——奇怪？

我这是怎么了？不知道为什么，迈不开腿。

呼吸好困难。胸口好痛。喉咙好干。

——好可怕。

原来如此，我正在害怕。

前往"里世界"这件事让我感到恐惧。一旦说出口，这种再正常不过的感觉便逐渐扩散到全身上下，前进的步伐也变得缓慢……终于，我停住了脚步。

我几乎已经快要忘记，孤身前往充满未知危险的"里世界"有多么恐怖。

这真的可能吗？好几次从鬼门关捡回一条命的我竟然会忘了"里世界"的恐怖。

原因自不待言。

是鸟子。

我之所以能平安无事地待在那个充满疯狂和恶意的世界，都是因为身边有鸟子在的缘故。

虽然双方都知道对方有些不靠谱的地方，却还是愿意把后背交给彼此；无论身处怎样的险境，只要和她手牵着手，不知为何就能冷静下来，她是我独一无二的伙伴。而今，身边没有了鸟子，曾一度被抛至脑后的对"里世界"的恐惧一涌而上，让我动弹不得。

呜呜，鸟子也太厉害了吧。竟然能一个人去那种地方。

她不觉得害怕吗？

不——不可能不觉得害怕。

差点被"扭来扭去"干掉的时候，还有电话那头的小樱变得不正常的时候，鸟子确实是害怕的。

明明那么害怕，但她还是去了。

鸟子，你到底是多有胆识啊。

你到底有多重视那个叫冴月的人啊。

我也——我也能为你做到，我也要为你去冒险。

给我等着瞧，可恶。

4

"所以你来我家干吗？"

小樱看上去十分不悦。我不敢直视她的眼睛，把目光投向桌子上盛着热可乐的马克杯。

"那个，我想……你能不能和我一起去，什么的……"

"不要，麻烦死了。"

对方的秒答让我乱了阵脚。

"鸟子可是一个人去了里世界啊？！她的房间也不对劲，我还收到了奇怪的照片，一定是出了什么事！"

我来到位于石神井公园这幢宅子之后，立即把在鸟子公寓发生的事都告诉了小樱。然而小樱的反应非常冷漠。

"我知道出了事，但为什么我也非得一起去不可啊？"

"呃……"

听到这句出人意料的话，我呆呆凝视着小樱的脸。对方不耐烦地继续说道："你不是已经一副干劲满满的样子了吗？别来约我赶紧去如何？再这样磨磨蹭蹭的太阳都要下山了。"

没错——结果，我收拾好装备之后来到了小樱家，那把马卡洛夫手枪也塞在背包深处。从自己住的南与野过来，途中还顺路去池袋的商店买了手电筒和备用电池。或许小樱说得没错，直接过去神保町更好。但是……

"小樱，你不担心鸟子吗？"

"我不适合现场勘查罢了。我又不像你们一样擅长跳上跳下的，所以不想去外面。"

"我也并不是那么擅长啊。"

"从你能闯进'里世界'这一点就能看出是个好苗子了。赶紧的，快去吧。"

"其实……那个，我一个人去，会害怕……"

"哈？！事到如今？'我看了灵异照片吓得不敢去厕所，拜托你陪我去吧'？"

"倒……倒也没胆小到这种程度。"

"我可没有跟别人一块儿尿尿的爱好。"小樱长长地叹了口气说道，"那张奇怪的照片在哪儿？给我看看。"

我不太情愿地打开手机，翻出邮件给她看。虽然已经把在公寓发生的一切都原原本本告诉了小樱，但还没给她看照片。因为不想被别人看见自己（虽然不是）对着鸟子露出的扭曲神情。

"原来如此……是小空鱼的分身吗？真有意思，脸好吓人啊。"

"那可是我的脸。"

"那又怎样……嗯？"

小樱正翻动着画面，手指突然停住了。

"喂……等一下，这是什么啊？"

她递过来的手机屏幕上显示出了一张我从未见过的照片。

几乎被草湮没的废弃小屋前，站着一名身穿黑衣的女性。照片的画质很差，看上去非常模糊，依稀能辨认出画面上的女性有着一头漆黑的长发，戴着粗框眼镜。

"呃，这张照片，是在哪儿？"

"在鸟子那四张照片前面，日期是……5月14日。"

是我和鸟子第一次相遇的那天。

"我都没发现，你认识这个人吗？"

小樱没有马上回答。

"小樱？"

"嗯，我认识。我太认识了。"小樱用近乎于耳语的声音说，"闺间冴月。她就是鸟子在找的那个人。"

这个人就是——

我再次把目光投向这张照片。初次见到传说中的"冴月"，她没有八尺大人那么高，但确实很高。女子背朝我们偏过头站着，虽然图片分辨度很低，但我仍能感受到从那背影传来的某种优雅与迫力。

"你说你之前都没发现这张照片？"

"是……是的。"

小樱向我露出了怀疑的眼神，但她马上把眼睛撇开了。

"真讨厌。"她哼了一声，把手肘撑在桌子上，按着太阳穴。"不可理喻的现象都挤在一起……上下呼应，意有所指……还不知道到底是恶意的胁迫还是善意的提示……"

小樱自言自语地念叨着，之后还咬牙切齿地加上一句。

"跟冴月那时候一样。"

这时，传来了铃声。我们俩惊讶地对望了一眼。

是大门的门铃。

小樱犹豫了一会儿，把手伸向键盘。其中一个显示屏上切出了彩色的影像，映出的是透过鱼眼镜头看到的门口的样子。门口站着三个中年妇女。

"哪位？"

小樱通过麦克风问，站在中间的女人回答道："抱歉打扰了，我们想询问您一些关于附近邻居的情况。"

"邻居？不好意思，我从来不跟周围的人来往。"

"请问能面对面谈一谈吗？在大门口就行。"

"就算你这么说，我也什么都不知道。说起来你们到底是什么人？"

"我们是他们的亲戚。请问能开一下门吗？不会占用您太多时间。"

"不要，不是都说不知道了吗。"

小樱冷淡地应付着她们，我站在旁边一动不动地注视着屏幕，总觉得哪里有些古怪。这三个人的外表并没有什么特别奇怪的地方……正想着，我突然意识到了。她们的体型都非常大，肩膀也很宽，身上穿的衬衫和短裙显得很不合身。

中年妇女一直坚持要小樱把大门打开，哪怕小樱已经提高了声音，也仍然喋喋不休地说着，就像听不懂人话一样。看着她们的样子，我的心头莫名涌起一股不祥的感觉。

突然，我的眼睛被她们胸前一个小小的标志吸引住了。镜头下看得不是很清楚，但标志的形状让人联想到风车或花瓣——

我猛地伸出手，抓住了小樱嘴边的麦克风。

"吓我一跳，怎么了小空鱼？"

"不要对着这个说话比较好。"我握着麦克风，压低声音说，"说不定她们是类似于时空大叔一样的存在……"

小樱睁大了眼睛，似乎想起了什么。

"难不成是 MIB ？"

我情不自禁地伸出手指指向小樱，连连点头。

"对！就是这个，他们就是广义上的 MIB ！"

不祥的来访者还在按着大门的门铃，我却因为小樱迅速理解了自己的意思而雀跃不已。

黑衣人（Man In Black）。他们是一群身穿黑色衬衫的男性，会上门拜访那些曾接近或遭遇过 UFO 的人。这群人会威胁当事者"不准泄露关于 UFO 的信息"或"把记录交出来"等，言行宛如政府代言人，但仔细观察就会发现他们怪异的举止和非人的身体特征。在美国的 UFO 目击事件中，经常出现黑衣人的身影。

"在日本，关于遇到黑衬衫 MIB 的事件知名度不高。如果说美国的 MIB 其实是人们对 CIA 等政府机关缺乏信任的证明，是一种'美国特产'的话，在日本，突然到访的'不速之客'可能会更倾向于举止可疑的大叔、大妈形象。其实我记得自己好像看过一些类似的体验谈，两三个奇怪的中年妇女来访什么的。但这样的事件还没有多到能被归为一类。"

我用飞快的语速滔滔不绝地说了一堆。小樱关掉麦克风，靠在椅子上紧盯着屏幕上那三个人。

"如果真的是这样，那她们就不是我们所看到的中年妇女了。"

"对，时空大叔应该也是一样。"

根据网络怪谈的说法，时空大叔被解释为时刻监视着有没有出现异世界侵入者的守门人。

但早在很久以前，我就觉得这个解释有着难以抹去的违和感。守门人也好，监视者也罢，未免都过于"简单明了"。尤其是如今我知道了"里世界"的存在之后，只觉得这种说法就是个笑话。在那片不可理喻、充满疯狂的未知土地面前，这种简单明了的职业真的有存在的余地吗？

"八尺大人那次，我们遇到了一个叫肋户的人。他说有些来自'里世界'的生物会扮成人类的形象，回到'表世界'也依然阴魂不散地缠着你。当时我以为那只是他的妄想，现在看来或许不无道理。"

"时空大叔想让小空鱼远离'里世界'，但这些大婶们却自己跑过来，不矛盾吗？是想'一个扮黑脸，一个扮白脸'来干扰我们？"

"好像也不是这样。那个大叔在威胁我回去时，还说让我放弃找鸟子什么的。听到这种话，怎么会有人乖乖放弃。"

"嗯——这个因人而异吧。"

"说、说不定也是……总之，我觉得我们不能太把他们说的话当回事。这些机器人（bot）一样的生物，虽然话说得有鼻子有眼的，但总觉得这些话没什么意义……"

"确实，它们看上去并没有自己的思想。"

小樱看着屏幕上的影像轻声说。明明我们没有理睬她们，中间的大婶却仍然在喋喋不休地说着。左右两人一言不发，一动不动。

"与其说是机器人，不如说是……现象。"

"什么意思？"

"这类事例，恐怕应该被归到现象里面。某种伴随着'遭遇时空大叔'而产生的'现象'。因为是人形所以不易分辨，但不管是 MIB 还是这三个大婶，都和鬼压床、空房怪声没什么太大区别——"

小樱刚说到这儿，监控画面发生了变化。

适才中间那个说个不停的大婶闭上了嘴，握紧拳头开始砸门。右边的大婶抓住门把手使劲摇晃，左边那个则把手伸向门铃不停捶了起来。砰砰砰砰、咔嚓咔嚓咔嚓咔嚓、叮叮叮叮叮咚咚咚——

大婶们发狂般攻击着小樱家的大门，画面中她们的脸晃得太厉害，五官都化成了一堆模糊不清的像素点。

在小樱房间里也能听见从门口传来吓人的动静。她们的力气实在太大了，合叶和门把手的金属部分都发出了吱吱嘎嘎的声音，再这样下去她们就要破门而入了。

"这……这也是'现象'吗？"

面对我颤抖的发问，小樱僵硬地笑了一下。

"无论当事人的体验多么轰轰烈烈，'现象'就是'现象'——大概。"

"这样我们不就分不清现象和现实了吗？"

"当多人同时遭遇同一种现象时，就更是如此。"

她从椅子上下来，走到房间的一角，开始动手把那座书山一小摞一小摞地清理到旁边。

"不管是 UFO 还是时空大叔，假如人类时时经历这样的'现象'，那这些体验究竟意味着什么，你知道吗？"

"到那个地步——从灵异体验的角度上来说，这些经历和现象都毫无意义，只能说不可理喻了。"

我答道，小樱摇摇头。

"不能就这样放弃解释。当外在的知觉表象不再只是知觉，一定是因为在认知阶段发生了什么问题。"

总算说了点研究者该说的话。正当我这么想着时，小樱已经把书全部移开，地上出现了一个小门。她蹲下身子打开小门，一股比室温稍低的气流掠过脚边，似乎是个地下室。我从小樱身后探出头来，想看看里面放了些什么，只见她拿出了一把巨大的枪械。我吓得浑身冒冷汗，连忙后退几步。

"等……这是什么？"

"雷明顿 M870，是一把 12 号口径的普通霰弹枪哦。"

"不是，你想用这把普通霰弹枪干吗？"

小樱就地盘腿坐下，把一个个圆柱形的实弹填进弹匣。

"一直以来，我都在努力和'里世界'保持距离，但对方找上门来就没办法了。把大门弄坏了也很让人火大。"

装弹完成后，小樱站起身来。在棱角分明的霰弹枪旁边，她那一百四十公分左右的纤细身躯显得更加娇小。

"你退开点，很危险。"

"我……我也去。"

"不用勉强的。"

小樱丢下我出了房间。我在包里胡乱摸索了一番，掏出马卡洛夫手枪追了上去。

昏暗的走廊尽头能看到玄关，铃声仍然不停地响着。门在捶打下发出了呻吟，透过旁边的磨砂玻璃，隐约可见几个相扑手般的巨大人影正在激烈地晃动。

我跟着怀抱霰弹枪的小樱走向玄关。

"喂！差不多行了，我要开枪了。"

小樱怒吼着一拉护木，把枪口对准大门。我在后面也端起了枪。

霎时间，铃声和门把手的咔嚓声都消失了。一片死寂，磨砂玻璃对面的影子也停下了动作。

"怎……怎么办？"

"开门。"

"我来开？！"

"不把她们赶回去就不算完。"

我穿上鞋，战战兢兢地走到门边。先挂上防盗链，才打开门锁。门的另一侧悄无声息。

咦？这个场景……

"小樱，我记得这一幕。"

"什么？"

"在大宫区那间废弃小屋时，还有在鸟子的房间时都出现了这种情况。从门后传来激烈的声响，打开一看却什么也没有。仔细一想，这也是灵异体验里常有的展开。"

"我们正在走撞鬼的流程？"小樱惊讶地喃喃道。

"而且还是十分复古的流程，这大概就是以前被称作'狸囃子[1]'的东西。"

"这要真是貉的伎俩未免有趣过头了。也就是说，就算我们打开门，外面也没人是吗？"

1　日本国内流行的怪谈。深夜里（特别是月圆之夜），人们常听到远处传来的笛子、太鼓的演奏声。

"大、大概。"

虽然这么回答，但磨砂玻璃外面依然能看到人影。

我不禁深切体会到了鸟子的重要性。

哪怕是这样紧迫的局势下，要是有鸟子在身边，我大概会比现在安心得多。

我提心吊胆地握住门把，小心翼翼地转动。

我一边用枪瞄着门缝，一边慢慢地推开门。

……没有人。

"果然。"

虽然只是猜到了一半，但我仍然松了口气。不知何时，磨砂玻璃对面的人影也消失了。

"怎么样？"

"没人。"

我放下枪，回头一看小樱已经穿上洞洞鞋走了下来。

嗯？我后知后觉地发现，自己怎么老被用来侦查情况？

正当我百思不得其解时，小樱越过推着门的我把身体探出去张望。一低头就能看到她的头顶，好小一只啊……

"小空鱼，你怎么想？"她一边透过缝隙望着门外一边说。

"我逐渐明白了，'里世界'生物是基于人类口中的妖怪形象形成的。'扭来扭去'、八尺大人，还有如月车站都是如此，这次波及到'表世界'的事件应该也不例外。"

"如果真是这样，那为什么一到紧要关头就停下了呢？它们的目的也不是袭击我们，这样不就跟按了门铃就跑的恶作剧一样吗。简直就像故意要吓我们——"

小樱不满地说着向外环视，我尽量推开挂着防盗链的门，让门缝开大一点。

就在这时，门后突然出现了一张巨大的脸。

一张直径达两米的女人的脸直伸过来，近得能看见她皮肤上的毛孔。她那像轮胎一样大的嘴唇蠕动着，发出奇异的、拖得长长的声音。

"打打打打打打打打扰扰扰扰扰扰扰扰扰了了了了了了了了了——"

"呀啊————！！"

我和小樱同时发出了尖叫。那张脸飘悠悠地凑近了我们，我赶紧接住向后仰倒的小樱。

还没明白发生了什么，明明挂着防盗链，脸却已经冲进了房间。

小樱在我怀里端起霰弹枪扣下了扳机。近在咫尺的枪声和火舌让我不禁闭上眼睛，脸上拂过一阵带着腥气的狂风。

风停了。留下湿漉漉的，沉重的空气。

我小心翼翼地睁开眼，发现我们正站在一片没有遮蔽的草原上。

脸也好，小樱的家也好，一切都消失了。

小樱怀中抱着那把霰弹枪，从枪口飘出一缕硝烟，夹杂着火药味飘向"里世界"的天空。

"你……你没事吧？"

听到我的呼唤，呆滞的小樱突然回过神来。

"哈啊？！别开玩笑了，我这副打扮被扔进'里世界'是要怎样？想我死吗！"

小樱挣开我，大喊起来。这也怪不得她。她穿着宽宽大大的 T 恤、紧身短裤、洞洞鞋，还赤着脚。与我不同，完全是一副居家的打扮。

"这怎么回事啊！搞突袭是吧？真是下作。"

狂怒的小樱破口大骂，像被关在笼子里的山猫一样在我面前踱来踱去。我努力从打击中恢复过来，轻声对她说："那、那个。事已至此，也没有办法。既然都已经来到'里世界'了，能帮我一起找鸟子吗？"

小樱的动作停住了。她转过头，目不转睛地盯着我。

"小空鱼你，性格可真好啊。"

"欸？"

我吓了一跳。她低下头无力地叹了口气。

"唉……算了，我知道了。"

"谢……谢谢你。"

我的道谢飘散在"里世界"微热的风中。

两人尴尬地站在原地。

无论如何，必须找到鸟子的下落——

首先，为了掌握周围的地形，我们出发前往视野开阔的地方。"里世界"的草原较为平坦，一些稍微高点的地方就算是"山丘"了。

这次我们周围空无一物，所以就由我在前头开路。这高高的野草对光着脚的小樱来说实在太不友好了。

出发前我没有忘记摘下隐形眼镜。白天强烈的光线让变异点变得难以分辨，但靠着这只右眼勉强还是能看见四周的银光。幸好这附近没有太多。在"里世界"中，变异点的分布似乎也有疏密之分。

"小樱，你的脚没事吧？"我用力踏着脚下的野草，一边向身后询问，"那个，要是太快了就告诉我哦，我来配合你的步速。"

"……嗯。"

或许是刚才过于激动的反作用，现在的小樱变得非常安静。

我担心地向后看去，只见她低着头走着，好像在思考些什么。

"我说啊，小空鱼。"

"在、在。"

"我举个例子，进游乐园的鬼屋时，有些人一点都不怕，有些人则吓得动弹不得对吧。"小樱一脸严肃地说。

"我没去过鬼屋，所以……"

"我也没去过。"

那你为什么拿这个来当例子？

"看恐怖电影什么的也一样。说到底人与人之间对恐怖的承受能力有着显著的区别，这只是一个单纯的生理问题。当位于大脑深处的小脑扁桃体感知到恐怖时就会发出信号，大脑额叶能在多大程度上抑制住这种信号决定了人到底会不会害怕，其中起决定性作用的是我们的基因。血清素转运体基因的激活序列越长，神经细胞合成的血清素就越多，这个人就越不容易感到不安。也就是说，不容易感到恐惧。"

"哈……"

我没听懂她到底想说什么。

"也就是说，我的血清素转运体基因比较短……"小樱用阴沉的目光看着我说。

"哦哦，意思是你现在觉得很害怕？"

"就是这样！"

她反倒生起气来，冲着我叫道。

"为什么要生气啊？"

"没生气！可恶，这地方是我的禁区好吧。"

"禁区？"

"因为很恐怖啊。恐怖得要死，明明已经不想再过来了。"

小樱竟然袒露了心迹，这让我大为惊讶。

"咦？可是你之前不是说自己在和冴月一起研究'里世界'吗？"

"没错，冴月失踪前还好，但我也只来过三次。在我拒绝参加现场勘查后我们的关系就渐渐疏远了，就在那时，那家伙带来了自己做家教时教的学生，说是'新搭档'。"

"那个人就是……"

是鸟子。

"鸟子和我正相反，对恐怖的抗性很强，是最适合当冴月搭档的人才。既不害怕，又会用枪，而且对冴月非常忠诚。简直就像为'里世界'而生的女人。"

小樱似乎话中有话。

"当然，鸟子十分迷恋冴月。她虽然有几分小聪明，说到底还是个不谙世事的女高中生，落到冴月手上，马上就难以自拔了。冴月总是这样，将遇到的人吸引过来为己所用。她是天生的阿尔法女人[1]。"

小樱的声音里透出一股难以形容的焦躁。正当我思考着该如何回话时，她似乎突然回过神来，把话题扯了回去。

"我想说的是，假如我们在这里受到什么袭击我也帮不上忙，你自己小心点。"

"没这回事。你还拿着霰弹枪呢，别担心。"

"啊……这把枪是冴月给我的，她说闭着眼睛都能打中。你看这里。"

我顺着小樱手指的方向看去，枪口处装着一个切口很深的零件，

1　阿尔法女人即alpha female，指不受传统的性别角色约束，比男人更出色，各方面都很优秀的新独立女性。

看上去就像鳄鱼的大嘴。

"这是鳄鱼嘴，装上这个，霰弹就会朝水平方向扩散，枪口前面的一大片扇形区域都是它的杀伤范围。所以紧急时刻务必不要站在我跟前，就算小空鱼在我也会开枪的。"

原来我一直走在一个手持极度危险物品的人前面吗？

"这样的话你能不能走在前面？我跟着你就行了。"

小樱连连摇头。

"如果是在'表世界'，遇到第一类接触我还能勉强保持冷静，但'里世界'实在是太可怕了，我完全没法忍耐。光是像这样走着就已经害怕得要叫出声来了。"她犹豫了一会儿接着说道，"与'里世界'相关的某些现象，有时总让人觉得像在'故意吓唬人'一样。"

这一点我也同意。包括这回的事件在内，"扭来扭去"、八尺大人都像在特意以恐怖的姿态示人，总让人觉得有些违和。而在如月车站时，能更加明显地感觉到"里世界"生物的意图是恐吓人类，让他们失去理智。

"……我知道了。我们快点找到鸟子，赶紧回去吧。"

"那就帮大忙了。"小樱认真地说。

我站在山丘上，环顾四周。

目前我还不是很了解"里世界"的地理环境。虽然想过以零星分布在这片广袤草原各处的地标为线索来制作一份地图，但这一计划还没来得及着手实施。毕竟上次来时是晚上，什么都看不见，之前涉足的范围也十分有限。

"能……能看见……什么吗？"

在我身后，追过来的小樱气喘吁吁地问。

"额——嗯……北面大概是这个方向，所以……"

我把指针摇摆不定的罗盘拿在手上，凝神寻找着似曾相识的地方。山丘下，前面的草丛闪闪发亮，好像有什么东西在反射着阳光。再往前就能看到像瞭望塔一样的灰色建筑物。

"有了！"

我不禁提高了声音。是鸟子经常使用的那个入口，通往神保町的骨架大楼。这是一个好兆头。

我们现在在大楼西面的山丘上，想到达那栋大楼就必须穿过沼泽地，那是我遇到鸟子的地方，差点成了我的葬身之地。山丘下的闪光来自草丛根部的积水。

这也就意味着对面右侧就是那片满是变异点的草原，在那里我们遇见了肋户大叔。从这里看不到那栋遭遇八尺大人的珊瑚状白色建筑物，可能被散布在草原上的树丛遮住了。我也没看见通往如月车站的铁轨，明明记得从骨架大楼的屋顶俯瞰时看到过类似的东西来着……

"走吧。"

我回头催促小樱，发现她正像个不良少女一样蹲在地上，筋疲力尽地低垂着头，完全是一副上气不接下气的样子。只是稍微爬个坡就成这样，小樱果然和看上去一样不注重健康。

"没……没事吧？"

"可恶，我可是穿着凉鞋啊。"

小樱呻吟着，拄着霰弹枪站了起来。

我们开始慢慢走下山丘，我控制着步速，以免把小樱落得太远。

"没想到小空鱼腿脚这么好。"

"欸，是这样吗？"

和小樱相比谁的腿脚都很好吧。

"能和鸟子结伴同行，可见腿脚相当好。那家伙也是个体力异乎常人的怪物。你之前做过什么运动吗？"

"可能是因为考大学那会儿晚上总是去散步的缘故吧。另外我喜欢一个人去废墟探险，难走的地形也都走惯了。"

"又是危险的爱好，一个女孩子去废墟探险很不妙吧。"小樱惊讶地说。

"嗯，确实。好几次都遇到了危机……"

无论从哪方面来说，杳无人迹的废墟都挺危险的，不良少年们干坏事时会去那里、变态也会在那儿隐居……废墟探险听起来很酷，说到底不过是非法入侵罢了。还可能踏穿腐朽老化的地板掉下去、被凸出的钉子扎伤导致破伤风什么的，物理意义上也是危险重重。冷静下来想想，女高中生独自一人在那种地方晃悠确实不是很正常。

"……可能因为当时精神状态不太好，有点自暴自弃了吧。"

"这样啊，为什么？"

"我的父母有点……因为宗教的事情。"

"哦——"

"啊，不。也没什么大不了的。"我下意识地用带着歉意的口气说，"我的母亲去世得早，父亲和奶奶都迷上了奇怪的邪教，变得不太正常。他们不仅把神龛和佛龛都扔了，还多次去了奥羽山脉正中央一个叫作田代峠的地方……家里成了信徒们集会的场所，学校开始传一些流言，家人又想拉我入教，我觉得很抵触，就不怎么回家了。"

我仿佛想填满和小樱之间尴尬的留白一般，一边下坡一边接着说："因为和教团有了牵连，我在放学回家时差点被绑架，经常过夜的漫画咖啡厅又遭到纵火袭击，最后没办法只能躲进废墟露营。之后的某天晚上，在一栋废弃的爱情酒店睡觉时，我梦见自己被一个软绵绵的红色的人抱住了。一开始我还以为是妈妈呢，但转念一想这是不可能的，因为妈妈已经死了呀。当时那个人问我'不想要那些人了吗？'我说'不想要了'。醒来之后，因为食物和钱都用光了，我只能怀着'真讨厌——不想回家——'的想法回到家，备好了灯油等家里人回来。"

"……灯油？"

"但过了好几天，谁也没回来。我正觉得神清气爽呢，就接到了警察的联络，说'找到了你家人的遗体'，据说是在山里被洼地里积存的瓦斯毒死了，一个也没剩下。虽然警方没给我看遗体啦。在那之后我就一个人生活，靠着助学金总算是上了大学，但他们生前非常热爱布施，根本没留下什么遗产，所谓的助学金说到底不就是贷款吗？我不觉得自己能还上那些钱，正无计可施时就遇到了鸟子。"

我发现小樱一点反应也没有，赶紧停下话头。

"对……对不起，说这种事很无聊对吧？真没什么大不了的，你就当耳旁风——"

"你说'没什么大不了的'？"

我回过头，发现小樱不知为何呆呆地望着我。

"对、对呀。"

"你真的这么想吗？"

"呃……有哪里不对吗？这难道不是常有的事吗。"

"怎——么可能常有啊？"

我不明所以地愣住了。小樱愕然地摇摇头。

"小空鱼，你真是罪孽深重啊。"

"哦……"

"不过我也知道你为什么这么坚强了。"

"欸？我倒是从来不这么觉得。"

"完全被你骗了。毕竟你不像鸟子，她从外表上看就是很强势的类型。"

"就是，比起鸟子我算什么……鸟子为什么会养成那样的性格呢？"

"性格我不清楚，她出生在加拿大，双亲都是军人，隶属于名叫

JTF-2 的特殊部队。她好像从小就学了各种各样的东西，可能是这些经历塑造了她的人格吧。"

"原来如此，所以她才会用枪啊。"

我深以为然地点头，一看就训练有素。

"她的双亲都在加拿大？"

"听说已经去世了。"

"哦哦……"

不知为何，我并不觉得意外。

从我遇到鸟子那时起，莫名就有这样的感觉。鸟子和我一样缺少了点什么，虽然她看上去还有着一些我没有的东西。

那么——鸟子她，又是怎样看我的呢？

6

草丛里蓄着及膝高的水。

但这个膝，指的是我的膝盖。

小樱半截大腿都浸在水中，脸色冻得发青。

"好冷。"

"我们快穿过这里吧，从山丘上看时好像旱地就在不远处。"

想绕过这片沼泽，就必须绕一大圈。距离太阳下山已经时间不多了，我想尽量避免带着小樱过夜，遭遇敌人。

"脚在水里碰到草的感觉好恶心……啊,等一下,凉鞋要掉了。"

小樱的精神状态似乎也正在恶化。或许是为了掩饰恐惧,她的话多了起来。如果她能注意不把我纳入射击范围内的话,抱怨多少句我都不介意。倒不如说像现在这样怯生生的反而比较可爱些。

"别紧张,拉着我的衣服走。假如感觉到水里有什么东西就告诉我,好吗?"

"'什么东西'指的是什么?"

"草以外的东西。"

我害怕的是潜藏在水中的变异点。在踏入沼泽地之前我大致观察了一下,没看见那些预示着危险的银色微光,但我看不到水面下的情况。只能提高警觉,步步为营。

"呜——好讨厌、好讨厌、好讨厌……"

背后传来小樱念佛似的嘟囔,我置若罔闻地向前走去。

大约走了十分钟。我发现前面情况有异,提高了声音。

"Stop!"

"哇啊。"

小樱停下脚步,躲在我身后。

"什……什么?"

"是变异点。"

这个变异点非常美丽,一不小心就会踏进去。只见水中有一个显眼的圆柱形,水在内侧打着旋儿。我之所以能用肉眼看到,是因为旋涡中还有别的东西。一开始我还以为是块破布呢，原来是被拧得稀碎的灭火器残骸。能将坚硬的金属撕成碎片的湍急水流在直径不足一米的圆柱形中汹涌地搅动着。

如果是肋户，会给它取什么名字呢？"洗衣机"？

"我们从左边绕过去，慢慢跟着我。"

从外表上看不出这个变异点的影响范围有多大，如果稀里糊涂地靠过去，可能会被一口气卷进旋涡中心，所以我领着小樱从十米外绕了一个大圈。小心翼翼地走到另一边后，我才松了一口气。

"呼，刚才好危险啊。"

"他们在那种地方干吗？"

"欸？"

"有不认识的人。"

听到小樱毫无生气的声音，我回过头，发现她正远远地盯着我们前进方向的右侧。

口水从她大张着的嘴里垂下，滴落在水面上。

顺着她的视线看去，映入眼帘的是草丛中伫立着的四个白色稻草人……

不，不对。

是"扭来扭去"。

生鱼似的腥臭味冲进鼻腔。我还没来得及思考，就本能地低下头捂住了小樱的眼睛。

"小樱，别看！"

听到来自耳畔的呼唤，小樱的身体哆嗦了一下。

"小、小空鱼。呃……、总觉得，不妙，那个。"

"没事的，没事的。那东西……我们打败过。"我一边快速说着，一边扶住小樱手中的霰弹枪，"你闭着眼睛就好，我来看。我说开枪时你就开枪，行吗？"

"赶……赶紧解决……"

小樱发出了毫无形象的呻吟。不用她说，我正准备这么做呢。我抬起头，直视着"扭来扭去"。

在我进行认知的同时袭来一阵强烈的恶心感，"扭来扭去"正试图通过视觉入侵我的身体。话虽如此，四只也有点太多了吧……因为之前被击败了，这回打算以数量取胜吗？还搞通货膨胀，你以为你是RPG游戏里的敌方角色？不好意思，我也已经不是当时的我了。毕竟我可是有了能看穿你们真面目的能力。

——咦？慢着，这只右眼本来不就是因为和"扭来扭去"接触才产生了变异吗？

当我想到这件事时，右眼已经"认知"到了"扭来扭去"。

下一个瞬间，我被扔进了一个奇妙的世界里。

我好像在一个弯曲的半球形水面上滑行，身边有些用细丝状组织连在一起的白色球体生物正在蠕动着。水面上是一片蓝色，下面像井一样幽深黑暗。我把注意力集中到下方，便被一口气拉进了井底。黑暗中传来火辣辣的刺痛感。刺激连着刺激，构成了某种意义。白色……稻草人……水田……蛇的鳞片……望远镜……这些概念从我的意识中浮现出来，与此同时我的嘴——我那张人类的嘴动了起来，似乎在擅自说着些什么。

接着我理解了。

这片弯曲的水面，是我的眼球。

我正从"扭来扭去"的视角看着自己。

我在半疯狂的状态下把意识捞离水底，从嘴里吐出了某个单词。声音传进了耳朵。

"开枪！"

随即传来霰弹枪的轰鸣声，透过鳄鱼嘴水平射出的霰弹击飞了前面两只"扭来扭去"。

我的眼泪像开了闸的水龙头一样源源不断地涌出来。在朦胧的视野中捕捉到余下那两只"扭来扭去"，我叫道："再来一枪！"

枪口猛地一震，草丛对面的白影绽开了。

霰弹枪的弹壳纷纷落入水中，瞬间被"洗衣机"吸了进去。我用余光看着被撕得像纸屑一样的红色塑料筒，一边擦掉了扑簌而下的泪水。

枪声的余音消失了。动不了。如果不靠着小樱，我可能已经沉入水中了吧。

"唔唔，走开……好重……"

听到小樱发出的抗议，我终于回过神来。

我直起身子挪开手，小樱睁开一只眼睛四下瞄着。

"打倒它们了吗？"

"是、是的。"

"小空鱼，你刚才好像说了些奇怪的话。"

小樱一脸不舒服地抬头看着我。我慢吞吞地点点头。

"我和鸟子一起遇到它们时也是这样，我会无意识地说着些疯言疯语……果然不出所料，它们在接触我脑中关于'扭来扭去'的知识。"

陪鸟子狩猎"扭来扭去"时，从我嘴里吐出的诡异词句，听上去就像随机生成的一样莫名其妙，却让人耿耿于怀。我对其中几个单词有印象，之后调查时才发现，那些话是用"扭来扭去"故事中的词句片段拼凑而成的。

"你是说'里世界'里的生物是以妖怪为模板，并通过读取人类的知识形成的？"小樱皱起眉头，陷入了沉思，"也就是说，它们是按照我们对妖怪的设想来行动的？它们是人类在脑中创造出来的？"

"但我从来没听说过'扭来扭去'的真面目是在眼球里活动的生物，在如月车站遇到的'移动绞架'似乎也没有原型。"

"所以，果然在'里世界'有'某种东西'，利用了人类社会中的怪谈、妖怪等概念……"

"小樱，你刚才也说了，'里世界'发生的事就像在故意吓唬人一样。或许它们为了激发人类的恐惧心理，潜入人脑中搜寻怪谈数据库，为自己创造形象提供参考？”

“又或者正相反。说不定不是它们想让我们感到恐惧……而是与‘里世界’的接触必然会给人类带来恐惧。只是我们脑内的妖怪数据库刚好处在与‘里世界’相接的必经之路上……”

这时，从远处传来的声音让我们二人同时停下了动作。

同样的声音又重复了一遍。

连响两次的爆破音毫无疑问是枪声。

“……是鸟子。”

直觉告诉我，一定是鸟子。

鸟子在呼唤我。

7

我们从遭遇“扭来扭去”的冲击中缓过来，再次开始前进。

往东走，水位越来越低。暮色西沉，起风了。风掠过水面，吹散了湿乎乎的空气，有些凉飕飕的。小樱浑身颤抖，看上去可怜兮兮的。

“看吧，果然鸟子还活着。干脆别管她了，把别人害成这样。”

小樱念念有词地数落着鸟子，好像想靠怒火来温暖自己。

“把你放油锅里炸了……涮了也行……既然有锅不如再放点鱼煮个什锦火锅……”

“现在不是吃火锅的季节吧？”

"少啰唆，很冷啊。"

及膝高的水位逐渐退到了小腿、脚踝，我们终于踏上了干爽的地面。小樱筋疲力尽地瘫倒在地。

"你没事吧？"

"怎么可能没事。我可是一直拖着脚走，生怕把凉鞋弄掉了。大腿都硬梆梆的了。"

"知道了，那我们休息三分钟。"

"你是魔鬼吗……"

"因为鸟子在喊我们过去嘛！"

我不禁感到热血沸腾。

鸟子特意发出了两声枪响，是因为听到了我们射杀"扭来扭去"开的那两枪吧？

"鸟子就在附近，再坚持坚持。"

小樱无力地仰天长啸。

"装作有交流障碍的亚文化死宅其实是个依恋型人格这种套路就免了吧。"

"你刚才是不是说了什么很过分的话？"

"我是真的希望你能有所自觉。"

我看着抱膝而坐，怀里揣着霰弹枪的小樱，感到一阵莫名的同情。

"那个，因为我没有多余的衣服可以借你，那个……要不我抱抱你？"

从对方的表情看来，这似乎不是个好提议。

"呃——好像让你误会了，我对小樱没什么别的意思——"

"快住口，快住口！我还期待着你是个可以交流的人呢。"

"哦、哦。"

"为了防止小空鱼再说出什么奇怪的话，我先说点吧。MIT（麻省理工学院）曾开发过一个叫作'噩梦机器（Nightmare Machine）'的图像处理引擎。这个程序通过深度学习，能扭曲人的面容、为风景涂上可怕的颜色，从而制作出令人毛骨悚然的图片。只要加上基于某种规则做出来的滤镜，想让人类感到害怕非常简单。"

"嗯，我知道。真实灵异事件和网络怪谈中也存在着一些既定的模式。"

"噩梦机器产生的是视觉上的恐怖效果，但在自然语言处理领域中这也一样可行。也就是说，'恐怖'是可以人为制造出来的。"小樱用手指敲击着自己的太阳穴，接着说道，"赋予'恐怖'的滤镜，我们姑且把它称作恐怖函数（Fear Function）吧。当从感官输入的信号通过恐怖函数后，我们的一切所见所闻都会变得骇人——在酒精中毒和抑郁症等患者身上也能看到类似现象，这是神经系统发生错乱的表现。就算大脑内部毫无损伤，倘若外部存在着恐怖函数，也会发生同样的事。"

"外部？"

"一个只要施加干预就会令认知发生扭曲的地方。这样的区域之所以会产生，可能是因为社会因素，也可能是气压或化学物质等物理因素产生的影响，最终对脆弱的人脑产生了刺激……所谓的'灵异地点'可能就是这样的时空吧。"

"你是说，'里世界'是一个能令人脑发生异常的，巨大的恐怖函数？"

"没错，我有一个证据。"小樱指了指霰弹枪的枪身，"看看你自己的枪，上面的记号和数字应该都看不懂。"

我从绑腿枪套里拔出马卡洛夫手枪来看。正如小樱所言，镌刻在金属上的文字变成了我完全不认识的奇妙符号。

"说到这个……在我乘坐电梯进入'里世界'时，显示屏上的文字也变得怪怪的。"

"在从'表世界'向'里世界'移动的过程中，我们的语言能力受到了侵蚀。这不是永久性的，证据就是从'里世界'带回去的枪，上面的记号又恢复原状了。发生变化的不是文字，而是我们的语言能力，这种现象有点类似于执行功能障碍中的感觉性失语症。当位于人脑颞叶的韦尼克区发生异常时，就会无法理解语言的含义，说出莫名其妙的话。不过……"

小樱伸出手，在地上写了个"月"字。能看懂。

"我们都能看懂对方在'里世界'写的字，但这个字在'表世界'应该是没有意义的。那，我刚刚写的这个到底是什么？不只是书面语，我们现在的对话真的成立吗？"她迎上我的目光，继续说道，"假如刚刚小空鱼从'扭来扭去'的视角看到的是真的，'扭来扭去'毫无疑问正在干涉你的语言能力。那些疯言疯语或许就是在这一过程中产生的副产品。但其实，早在我们遭遇'扭来扭去'之前，早在我们进入'里世界'的时候，就已经有什么东西把魔爪伸向了人类的大脑。然后——"

"——在这一过程中，抑或结果中，滋生出了恐惧。"

我们面面相觑，感觉周身涌起一股寒意。

我犹豫再三，还是开了口。

"这个话题很有意思，但三分钟已经过了。我们走吧。"

小樱瞪圆了眼睛。

"真的假的，再休息三分钟……"

"那个，小樱要是不愿意，我就自己一个人去了。"

"不要！你这个魔鬼！"

8

走了没多久，我们就到达了那幢骨架大楼。虽然我做好了心理准备，但这次并没有再遇到上次那具被"扭来扭去"杀死的尸体。

我走到露出光秃秃水泥的大楼脚下，环顾四周，一楼孤零零地放着一个沾满煤灰的汽油桶，没有鸟子的踪迹。

"我过去看看。"

小樱没回答我，摇摇晃晃地走到汽油桶旁边向内窥视。

"小空鱼，你带……带火了吗？"

"带是带了，但现在可不是烧篝火的时间哦。"

"行了，借我一下。"

我取出防水火柴递给她，自己沿着锈迹斑斑的梯子向上爬去。

……等我发现想顺着这架梯子爬上十楼没那么容易时，我已经爬到了相当高的地方，无法回头了。我的手臂酸痛起来，向下一瞥，发现自己在的地方竟然比想象中的要高得多。

欸，怎么回事？有点不太妙啊。

顺着这种破梯子爬上爬下，难道不是疯了？

虽然没仔细数，这里大概是四层楼高。要是中间的横杆断了，或者手使不上力了，那我不就完蛋了？

傍晚的风刮过，我的身体摇晃起来。我慌忙抓紧梯子。

小樱好像误会了什么，其实我不是不害怕，只是拼了命而已。所以像这样突然回过神来时，就立马溃不成军了。

冷静点，我闭上眼睛对自己说。这梯子之前也用过，当时一点儿事也没有不是吗？只要像当时一样淡定地行动就好。

像当时一样——

对了，当时我身边有鸟子在。

只是因为鸟子不在，一切就变得这么可怕吗？

有小樱跟着的时候好歹也算坚持下来了，一旦落单瞬间就变成这副样子。明明刚刚还从"里世界"的怪物和变异点手底下死里逃生，现在却仅因为梯子太高而动弹不得。

我一直以来都这么胆小吗？这不可能。换做以前那个我，那个对万物充满了愤怒与焦躁并在这些情绪的驱动下，拿着个手电筒在夜晚的废墟中漫无目的游荡的我，爬这种梯子简直是小菜一碟。

——是我变弱了。

和鸟子相识不久，我却已经成了不能没有鸟子的废物。

她只是境遇与我有些相似，其他地方却截然不同。

她明明拥有许多我所不具备的东西，却又好像比我少了些什么。

她长相端丽，性格好，意志坚强，和我完全不是一个类型，我们却莫名地一拍即合。

这个女人突然出现，把我的人生弄得乱七八糟，又自顾自消失不见。

越想越让人生气。

我瞪着自己抓紧梯子不放的右手。动起来！放开！趁手稍微放松了点，我把右手伸向下一条横杆。接下来是左手，松开！向上爬！

心中愤怒的引擎疯狂运转，我进入了状态。右边、左边、手、脚，向上爬的速度也慢慢变快了。看吧，果然还是生着气好。

"……就算没有你这家伙在。"

我说出了声。

"就算没有你这家伙在，我一个人也能行。"

"扭来扭去"也能干掉，梯子我也能爬上去。

"所以……所以……"

盯着逐渐接近的屋顶，我发出了低吼。

"所以……赶紧给我……回来，鸟子！"

我终于爬上了十层高的楼顶，仰面躺倒在地。

看着傍晚的天空中飘过的浮云，我忍不住噗嗤一声笑了出来。

"哈哈……什么啊，真奇怪。"

就算你不在我也能行，所以你快回来什么的。

说到底还是我自己跑过来接她的，我在说什么傻话呢。

我站起身，拔出马卡洛夫，解除保险。

我把枪口对准天空，捂住耳朵，扣下扳机。我连开了两枪。

伴随着枪声的回响，弹壳掉在屋顶的水泥地上弹开，发出清脆的声音。

我等了一会儿，但没有听到对方回应的枪声。

"……叫你你倒是应一声啊。"

我垂下手，握着马卡洛夫绕着屋顶的栅栏走了起来。站在这里可以把这一带尽收眼底。和我记忆中一样，在东面很远的地方能看见蜿蜒的铁路，那前面的某处就是如月车站，美国海军陆战队队员们恐怕还被困在那里，受着折磨吧。

南边比较开阔，能感觉到阴影处有标志着变异点的银色波动。现在回过头来看，当时我们竟然毫无防备地踏进了那片区域，简直令人

难以置信。遇见八尺大人的那栋巨型白色建筑物比印象中更加破败，越发像珊瑚的尸骸了。消失在蓝光尽头的肋户到底怎么样了呢？

西面是我们刚刚穿越的湿地，夕阳倒映在水面，美得令人窒息。突然，我的目光停留在草丛上，那里伫立着一个苍白细长的影子。又是"扭来扭去"？我摆出了防御的架势，但仔细一看好像又并不是。看上去像只大鸟……是鹭鸶吗？在我的注视下，它把弯弯的脖子伸进水中，又缩回来，恢复直立的状态。如果那真的是鸟，那它就是我进入"里世界"以来第一次看见的正常生物。但不能疏忽大意。我想起上次见到的那只一边散发出汽油味一边从我们头顶飞过的巨鸟，不禁撇开了目光。

沿着栅栏走向北侧时，我大吃一惊，站在了原地。

大楼北边是稀疏的丛林，其间露出光秃秃的岩石地貌。远处，是一片街区。

不，街区只是我乍见之下的印象，它的面积并没有那么大，最多只能称之为村落吧。我并没有去过北侧区域，印象中也没见过这样的地方。从那一片片破破烂烂的瓦屋顶和久经风雨、满是污渍的墙壁来看，已经有很长的岁月了。

在那些房子中间，有什么在动。

有谁在那里。或者说，有什么在。

脑后飘动的长长金发，在夕阳照耀下呈现出深红色的光泽。

"鸟子！"我朝栅栏外探出身去，叫道。

"鸟子——"

我急忙把马卡洛夫举到头顶，扣下扳机。

不顾嗡嗡的耳鸣，我把所有子弹尽数击出。很快，套筒回到原位，一切归于静寂。不知是不是听到了枪声，那片红色消失在了建筑物的背后。

突然，大楼底下传来了动静。只见小樱摇摇晃晃地钻进树林，朝着街区的方向走去。

"小樱！"

她没有反应。不知为何，小樱头也不回地消失在了树丛中。

小樱的样子很奇怪。我推开栏杆，大步走回梯子旁边，把马卡洛夫放回枪套里一把抓住梯子，差点滑倒。我开始用最快的速度向下爬，一级一级往下踏真的好烦，如果是在游戏里，我就可以双手抓住两边一口气唰地滑下去了。

终于踏上了地面，我看向一楼，不见小樱的踪影。汽油桶里有些枯草正在燃烧，发出劈劈啪啪的声音，枯草像是从附近收集来的。火堆旁丢着我刚才拿给小樱的防水火柴盒，以及她那把霰弹枪。

那么胆小的小樱不可能把枪扔在这里离开的。我俯身捡起霰弹枪和火柴，飞奔而去。

9

——追不上。

从屋顶上看时小樱的脚步明明十分缓慢，但现在我跑得上气不接下气，仍然不见她的踪影。

落日的余晖顺着地平线照进了树林，林间的树木投下长长的影子。太阳正在西沉。一旦太阳下山，夜幕将随之降临。那是怪物出没的时间。

如今我才感到后悔，自己刚才怎么一时兴起把枪里的子弹都打光了。子弹倒是还有，但我没带备用弹匣。万一被怪物袭击只能靠手边这把霰弹枪了。问题在于我是第一次接触这种枪，如果是鸟子，不管什么枪都能用得驾轻就熟，但我只是个偶然拿到枪的门外汉，现在正挥舞着霰弹枪奔跑着，却连保险有没有扣上都不知道。

小樱至今为止开了几枪来着？我一边跑一边回忆着。在玄关一枪，对着"扭来扭去"又开了两枪。只有这些吗？说起来这把霰弹枪里面到底装了几发子弹？

在得出正确答案前，我就跑出了林子。眼前突兀地出现了一条柏油路。

脚下的柏油路龟裂开来，像墨西哥干燥地区的土地一样，杂草从缝隙中疯狂窜出。电线从歪斜的电线杆上垂下，随风飘摇着，道路两侧那一排排房屋非常寂静，丝毫没有人类生活的气息。这幅凄清的光景与鬼城（Ghost Town）一词非常相配。

还未靠近，我先把注意力集中到右眼想找出变异点，却不由得发出了惊叫。

整片被落日染红的街区都笼罩在银色的光晕中。

"这些……全都是变异点？"

我不敢相信地凝视着街道。是陷阱吗？不，不一定。变异点是零星分布在"里世界"中的陷阱——我们一直以来都按着肋户的说法来思考，但不管是逃出如月车站时乘坐的电车，还是八尺大人的另一种姿态，在我眼中也都散发着和变异点一样的银光。也就是说，这只眼睛或许能够感知到空间的异常状态。

我从地上捡起一个小石子扔向柏油马路，来代替肋户扔的螺丝钉。石子啪的一声弹开了，掉在地上一动不动。什么事都没有发生。既没有烧起来，也没有被弹飞。

这次我用霰弹枪的枪身戳了戳路面，又马上缩了回来。金属部分没有异常发热，也没有融化。靠近枪托的木质部分也是如此。从肉眼上看，没有产生任何影响。

如果是平时，我绝不会接近这个地方。但刚才从大楼屋顶上我确实看到了鸟子甩动的美丽金发。

必须下定决心。

我抬起穿着登山鞋的脚，轻轻地，小心翼翼地，踏上了街区的地面。

"喂。"

"呀啊？！"

突然从背后传来的声音把我吓得一蹦三尺高。那是从喉咙深处发出的低沉的男声——我回过头时下意识地扣下了扳机。没有子弹飞出来，是上着保险吗？转念一想，我吓得脸色发青。刚刚自己差点对人类开了枪？！

站在枪口前面的是一名身穿工作服的中年男性。脸……脸看不清楚。虽然知道年纪和长相，却辨认不出他的脸。我把注意力集中到五官，但即使看到了粗眉毛和胡茬等细节，却不能在脑中组合出整张脸的模样。

"我不是说过你会回不去的吗？"

没有脸的男人阴沉地啧了一声。

从他的言行和服装上来看，毫无疑问，是时空大叔。

我摸到扳机上方有一个活动的小凸起。咔嚓一声按下去，能感觉到刚才还纹丝不动的扳机获得了解放。这一定就是保险装置了。

"不许动，我要开枪了。"

听到我这么说，大叔惊讶地看着我——似乎是这样的感觉。

在和小樱的交谈中，我提出了这样一个假说，时空大叔并不是生物，而是机器人。小樱口中的"现象"也是差不多这个意思吧。它们虽然是人类的样子，但实际上不过是模仿人类举动的类似于舞台装置一样的东西罢了。

这样的话，对他开枪也无所谓吧。我这么想着，但即便如此，要对着人形生物扣下扳机还是令人十分抵触。为了看清楚它的真面目，我把注意力集中到右眼。

一瞬间，我没弄懂自己看到的是什么。

不是大叔，甚至不是直立行走的生物。

那是一株长在地面上的高大植物。从柏油路上笔直地拔地而起的翠绿茎干从中间分成了两枝，每一枝的末端都长着五颗鱼籽似的红色果实。整根茎干上布满了箭头形的叶子，随风簌簌地摇动着。

一旦认识到了它植物的本质，就再也看不到人形了。我回过神来，发现自己正站在杳无人迹的路上呆呆地注视着一棵高高的植物，我赶紧闭上了嘴。明明刚才这里还什么都没有的。

"……这是什么？"

我的头脑一片混乱，慢慢向后退去。这株植物只是矗立在那里，纹丝不动，也不再对我说话了。我的心头掠过一阵不快，仿佛被别人紧盯着一般。它不会在我转过身的时候袭击过来吧？我提心吊胆地朝街道的方向转过身，吓得差点尖叫出来。

不知何时，周围已经长满了植物。

在离我最近的那栋房子前有两根门柱，门柱中间有一株椭圆形的向日葵，上面长满了蓝色、白色和金色的疙瘩。它的根部附近长着四片长度超过三十厘米的叶子，形状有点像八角金盘。

从电线杆后面探出头来的是一株苍白的植物，叶子让人联想起张着腿的蜘蛛。在茎的中部有一串虫瘿般的凸起，顶端状似笔尖，上面长着一团嫩绿色的绒毛，就像巨大的蒲公英。

再远一点的地方并排生长着三片羊齿草似的叶子，从中间伸出两个淡粉色的花苞来。这株植物比其他的要矮一些，但也有小学高年级的孩子一样高了。或许是承受不住花苞的重量，茎被压得弯弯的，那样子简直就像在偷偷看着这边。

眼前的光景宛如把一群突然静止的人类变成了植物一般。

和在玩"123 木头人"时回头看到的场景一样……我不禁看了看身后，最开始遇见的那棵植物还在原来的地方。我已经开始怀疑刚才和男人的对话是不是自己的幻觉了。

紧张的气氛令人难以忍受，我跑了出去。

我一边躲开面前的植物，一边奔向街区深处。一路畅通。没有遭到任何袭击，不管是物也好，人也罢。空荡荡的街道上，只有等身高的植物伫立在夕阳中。

"鸟子！小樱！你们在哪里？！"

没有回应。我跑出马路，钻进了别人家的庭院，无视那些人类生活过的痕迹，搜寻着鸟子和小樱的身影。只见门大开着，门口荒草丛生，还有锈迹斑斑的三轮车和积水的旧轮胎。砖墙上贴着的海报已经完全褪色，只能看见人物模糊的轮廓。

我四处走着，又发现了一件不对劲的事。这条街没有尽头。从屋顶俯视时明明没这么大，但无论我怎么走都走不到外面。

我穿过被破破烂烂的铁丝网围起来的停车场，回到了大路上。在街道那头，太阳已经落下，余晖中只能看见植物的轮廓。我的脑子里浮现出黑暗中密密麻麻的人面向这里站着的景象，忍不住打了个寒战。

曾经在此居住的人们发生了什么？那些植物就是住户们的悲惨下场吗？不不不，怎么可能。但是……

我试图挥去脑中可怕的想象，却突然发现自己身边有株似曾相识的植物。是那棵带着浅粉色花苞的低矮植物。这条街上等身高的植物都长得各不相同，但只有这一株像小孩子一样矮，非常少见，令人印象深刻。

像小孩子一样矮？

我的脑中倏然有什么闪过，就在这一瞬间，耳畔传来了怒吼声。

"……鱼！小空鱼！都说我在这里了，听人说话啊白痴！"

"小、小樱？！"

小樱就站在我身边喊叫着。听到我的回应，她瞪大了眼睛，然后弯下腰把手搭在膝盖上。

"呼——终于听见了。"

小樱喘着粗气说。她的声音已然有些嘶哑，到底喊了我多久？

"你……你从哪里出现的？"

"我一直在这里好不好！看到小空鱼追过来，我就叫了你一声，没想到被无视了，正觉得奇怪呢。"

"对不起，我刚才好像看到了别的东西——"

我一边说一边环顾四周，其他植物都消失了，一切就像一场梦。

"小樱为什么来这里？"

"那个……好像听到有人在叫我。"小樱的语气忽然变得含糊起来，"当时我正打算在汽油桶里点个火堆，就从附近拔了些枯草，划着了火柴……然后总算把草堆点燃了。我想让火烧得更旺些，就在大楼周围找更多的草，却突然听到了冴月的声音。"

"冴月？"

"'冴月在叫我，我必须过去'——这么自然而然地想着我就迈出了步子，回过神来时已经站在了这条街上。一时间我还以为逃出去了呢，但马上又发现自己还在'里世界'里。一个人孤零零地呆在空无一人的废弃住宅区里面……又没了枪，我超级害怕，正想着这下完了的时候小空鱼追上来了，我松了一口气。"

小樱喋喋不休地说着，看来刚刚是真的吓坏了。她好像还想说些什么，但我打断了她的话问道："你有没有看到鸟子？"

"欸，没，没看见。"

"她应该就在这附近，在这条街上。"

"在这里？真的假的，这里可是只有我们两个人哦。"

小樱好像有些怀疑，但我坚信，虽然只出现了一瞬间，那确实是鸟子的金发。

"我要留在这里再找找，小樱先回去吧。"

"回去，回哪儿去？"

"最开始的那栋大楼的屋顶有部电梯，坐上电梯就能回到'表世界'了。我之前用过。"

"别说傻话了，我一个人怎么可能回得去。"

"跑着过去一会儿就到。我们已经没时间了，现在马上回去比较好。这个还给你。"

我想把霰弹枪递给小樱，但她没有要接的意思。我重复了一遍，试图说服她。

"那个，我知道你一个人会害怕，但继续待在这里事态只会恶化。"

"为什么啊？"

"太阳要下山了。"

街道没入了渐深的暮色里，我们只能依稀分辨出对方的五官。夕阳鲜红的余晖舔舐着家家户户的屋顶，迟迟不肯离去。但再过一会儿，这一点点光线也将消失。

"假如到了晚上，说实话我没信心能保护你。所以——"

小樱不耐烦地叹了口气。

"你给我看了那张照片，还说这种话吗？"

"照片……是说有我分身的那张？"

"才不是，是冴月的那张。小空鱼你对鸟子以外的事真是一点都不关心哦？！"小樱提高了声音，似乎感到有些意外，"我曾一度以为冴月已经死在了'里世界'。但是——假如她还活着，我想去见她。所以我不可能一个人回去的，小空鱼。"

她的话音刚落，最后一抹残阳也从天边消失了。

“里世界”的夜晚到来了。

10

夜幕刚刚降临，天空还是藏青色，却已经有点点星光在闪烁。

在没有人工照明的世界，夜晚原来来得这么快——顷刻间，藏青就变成了漆黑。星星的数量极多，布满了天幕，比我在老家山脚下的废墟看到的夜空还要璀璨。

“看不出星座，是因为这里的星座形状和‘表世界’不一样吗？还是因为我们的图形识别能力出了问题呢？”

小樱仰望着星空，不知不觉间，她的手攥紧了我的衣服下摆。

“小樱也是第一次来吧，夜晚的‘里世界’。”

“因为被冴月狠狠地威胁过，所以我一次都没见过这边的夜晚。但我听她说非常漂亮，确实是这样啊。”小樱自言自语似的说，“好想和冴月一起欣赏这幅美景啊。”

“和我一起真是难为你了。”

“没错。”

竟然不否认吗？

“那您慢慢观测星象，我先走了。”

“我说，小空鱼你的性格相当差啊。”

“你刚刚不是还说我性格好吗？”

"那是讽刺！说到底你要去哪里啊，虽然说是要找鸟子，到处乱转也只是徒增危险罢了。"

"我有一个想法。"

那是自己把小樱当成植物的时候灵机一动想到的。

我的右眼有时的确能感知到空间的异常，另外，似乎也能看穿眼前生物的真面目。八尺大人的时候是这样，袭击如月车站的牛头怪物也是。虽然不知道为什么，但这只眼睛多次撕开了"里世界"为人类认知蒙上的错觉面纱。

至今为止，我还没对变异点用过"看穿"的能力，而我现在正站在一个巨大的变异点上。就像刚刚的大叔并不是大叔一样，假如这片街区也不是街区的话，我不就能通过看穿变异点的真面目来找到潜身于街区中的鸟子了吗？

小樱听着我的说明，看上去十分不安。

"如果我的推测是对的，应该能让小樱你保持安全的状态，我自己去找鸟子。"

"欸，什么？等一下。'安全的状态'是什么意思？"

"那个……刚才小樱是以植物的姿态出现的，再让你回到那个样子应该就安全了。啊，别担心，能变回来的。"

"不知道你在说什么，植物？"

正在小樱用害怕的口气说话时，夜幕中从远处传来了野兽的嗥叫。

我竖起耳朵，能感觉到在被黑暗笼罩的"里世界"中有什么东西正在渐渐苏醒。空气中充满了活物的气息，有什么从高空中穿过，发出悲鸣似的叫声。远处的嗥叫声与之呼应着，声音越来越杂乱。有点像狗叫，又有点像人类模仿的狗叫。我不由得想起了上次追在我和鸟子身后的那些人面兽。

就在我们身边，两侧林立的废弃住宅中也涌现出了细细的低语。听不清内容，只能感觉到阴森的语气，莫名让人觉得我们两人就是它们谈论的对象。

小樱把身体挨了过来。

"喂……那些狗叫声，是不是正在接近我们？"

"确实是这样。"

我答道，心头涌起一股要尖叫逃跑的冲动。就算对方不袭击过来，被某种怀有恶意的生物盯着看的感觉也已经够恐怖了。小樱吓坏了，一边摇头一边认命地说："好像别无选择了。"

"这样好吗？"

"不好，但我相信小空鱼。"

她一边说着，一边用力抓紧了我的衣服下摆。不知是信赖的证明，还是不安的流露。哪种都好，我要做的只有一件事。

我没有理睬逐渐靠近的危险气息，把注意力集中到右眼，对象是眼前的一切。

周围突然变得一片静寂。感觉到身体一轻，我低下头，发现刚刚还抓着我的小樱又变成了植物。她的一片叶子贴在我身上。抬起视线时，我倒吸了一口凉气。我们被和人一般高的植物团团围住了。

密密麻麻的植物以我们为中心围了无数层，简直就像闯进了一片突然变异的向日葵花田一样。"123 木头人"的最后一步——植物们在即将触碰到我和小樱之前陷入了静止，一动不动地停在了原地。

——我们在千钧一发之际脱险了？

突然产生的想法让我毛骨悚然。

不知道到底发生了什么，但说不定，我们一直处于比想象中更加危险的状况中。

而这，就是变异点的真面目吗？没出现我所预想的结果，也感觉不到鸟子的气息。

……嗯？慢着。

我一开始走进这片街区时，看到了大叔。

接着用右眼看穿了大叔的真面目，是植物。

之后，我看穿了别的植物的真面目，是小樱。

再然后，当我试图看穿整片街区的真面目时，这里又成了遍布植物的世界。

没变回去？说到底，所谓的"真面目"究竟有几重呢？

如果被我"看穿"的话，认识的过程起码应该朝着同一个方向前进吧。但我的认识却反反复复地来回转悠。

也就是说……我的右眼其实并不能看穿"里世界"生物的真面目？那我看到的究竟是什么？

我感到不可思议，再用右眼看去时，包围着我们的植物消失了，只留下变成了花的小樱。身穿衬衫的男人在马路对面转过头来，看着我。一脸惊愕的他胸前戴着一个像是风车，又像是花瓣的徽章。在男人试图说话之前，眼前的光景又发生了变化，不远处的屋子面前出现了三个站着的中年女性，她们正执拗地按着电铃，朝房子里喊着什么。

我突然感觉到了视线。向下俯视的我，与向上仰望的我四目相对。

"哈啊？！"

蹲伏在小樱根部的，是我。

我不由得叫出了声。我紧紧地盯着我，站起身来，不怀好意地笑着离开——消失了。

原来如此……我逐渐明白了。

我的右眼并不能看穿它们的"真面目"，它的认识辗转于同一现象的好几种状况之间。

反复出现的时空大叔、三个大婶、我的分身，所有的一切都是这一"现象"的片断。

事到如今，我才意识到自己见过这片成为废墟的街道。因为场景太过荒凉所以一时间没认出来，我其实是知道这条街的。而且最近才刚刚见过。这是鸟子家附近，位于日暮里的住宅街。不知不觉间，天空变得明亮了，我似乎回到了今天上午，前去拜访鸟子的那个时间段。

我把目光投向屋顶，映入眼帘的是鸟子住的公寓。这幢建筑物上布满了爬山虎，电梯已经崩落，黑色水藻似的不明物体从天台上的水箱里悠悠垂下。

前面的道路上，又出现了我的背影，好像正朝着公寓走去。我迈出了脚步，想要追在自己身后。而当我把注意力集中在分身上时，周围的街景渐渐模糊起来。

认识的面纱被一层层剥落。房子和马路突然变得平坦，像纸一样折叠起来，从视野中消失了。在这个逐渐扭曲变形的世界中，我感觉到"另一个我"就像罗盘上的指针，指引着我前进。

或许，人类对和自己相似的存在感到厌恶和恐惧是理所当然的。但那张照片中我的表情——卑微、缺乏自信、毫无根据的傲慢、算计和欲望未免与"我"太过相似。

正因如此，我才得以坚信，走在自己前面的那个"我"哪怕会背叛我，也绝不会背叛鸟子。

"我"只能是向着鸟子而去，向着美丽、强悍而又坚定不移的鸟子。

另一个"我"停了下来。前面有一扇门，只有一扇门。我已经分辨不出周围的其他东西了。虽然我感觉到某种比"扭来扭去"更为诡异的存在从余光中掠过，但我的视线仍然紧盯着前面的"我"，好像稍微分散一下，注意力就到达不了目的地了一样。这时我脑中只剩下一种感觉，仿佛自己穿过了无数层面纱，来到了一个极其幽深的地方。

随后，我的分身仿佛被吸进了门的表面一样，倏地消失了。是那扇似曾相识的门。是鸟子的房间，404 号房。我伸手握住门把，轻轻拉开门，走了进去。

一条走廊从大门向内延伸而去，走廊的尽头有一个木地板的房间。我就这样穿着鞋走了进去，房间里什么家具都没有，像搬家之前一样空荡荡的。鸟子就在这里。

在通往阳台的玻璃门旁边，鸟子背靠墙壁孤零零地坐着。她一身探险的打扮，和照片上毫无区别。她的 AK 被随意丢在地上。

"鸟子！"

我跑了过去。鸟子挥了挥戴着战术手套的手，平静地笑了。

"空鱼，你来找我了。"

"你……你怎么这么冷静？"我不由得吐槽起来，连和鸟子重逢的喜悦之情都不管了。"听我说！我一直在找你！叫你你也听不到，开枪你也不回应！"

"原来那是空鱼啊，我还以为是如月车站那些人呢。"

"为什么？！肯定是我啊。"

"我以为空鱼已经不会再和我一起来了。"

鸟子的样子有些奇怪。不知道为什么，感觉没有了平时的气势。

"喂，你怎么了？哪里受伤了吗？"

"没有哦。"

"没有就好——走吧，回去了？"

我拉着她的胳膊，但鸟子没有要起身的意思。

"对不起，空鱼。我，回不去了——因为我找到了冴月。"鸟子淡淡地说。

"在哪儿？"

听到我的询问，她指了指窗外。

从我的喉咙里发出了不成声的呻吟。

阳台外面，我以为是天空的地方，其实是那个蓝色的空间。一名黑衣女子正悬浮在那里俯视着我们。

修剪得整整齐齐的黑色长发，白色的肌肤和黑框眼镜，镜片后的双眼蓝得吓人，那是比我的右眼更骇人的蓝色。

闰间冴月——鸟子失踪的"朋友"。

我失去了感知距离的能力。女子看上去仿佛近在眼前，又仿佛远在天边。她给我留下的印象非常深刻，令人毛骨悚然。但这肯定不只是被她的气势所震慑住的缘故。

的确，眼前的她和照片上的女子一模一样。但，不对。这个人……这个东西，不是人。因为——

我被吓得禁不住地颤抖，身边的鸟子站了起来，咔啦咔啦地打开玻璃门，走到了阳台上。

"冴月对我来说，是特别的。"鸟子望着"那个东西"说道，"我不擅长交朋友，在日本的学校里过得很痛苦，曾有一段时间闭门不出。在那时，冴月出现了。她一开始是我的家教，后来又成了朋友。"

鸟子用恍惚的口气继续说，就像沉浸在妄想之中的少女一样——从不好的意义上说。她的瞳孔没有聚焦，很明显魂儿已经不知飞到哪里去了。

"学校的功课都很简单，我本来觉得自己不需要家教的。但冴月她教会了我很多。很多，我所不知道的东西。"

"别说了，鸟子。"

我不想听与我相逢之前的鸟子和冴月有多要好的事情。

"她说她是我的朋友。因为是朋友，才告诉了我关于'里世界'的事情，才带我去探险。她说以后还要教我更多各种各样的事。然后——她就消失不见了。冴月改变了我的人生，我已经回不去了，但她却突然不见了。明明我除了冴月一无所有，所以我。"

"不行！"

我追着鸟子，跌跌撞撞地跑到阳台上。仅仅离飘浮在蓝色空间里的"那个东西"更近了几步，我就已经出了一身冷汗。

鸟子接着说："所以我来找她了。终于找到了，冴月果然还活着。我也必须过去，去她在的地方。"

鸟子把手搭上阳台的栅栏，我抓住了她的肩膀。

"鸟子，不能去。"

"为什么？"

"因为她不是冴月。那是——"

我透过右眼看到了。幻化成闰间冴月的那个存在，它的另一副面貌。

是一座有着数百枚叶片的巨大风车。风车的构造极其复杂，就像一朵巨大的花，正在蓝色的世界中慢慢转动着。随着它的转动，每个

档案 4·时间、空间、大叔

245

部分都在不停地发生变幻，就像透过万花筒看见的景象一般。风车中央有一张女人的脸。听起来像是在开玩笑，但没有一丝一毫的可笑之处，它看上去非常古怪，只让人觉得诡异可怖。

"我必须过去……"

鸟子像在说梦话一样喃喃自语，她的头部附近有些不对劲。我用右眼看去，吓了一大跳。鸟子的头，已经开始分崩离析了。

她的脸依然美丽，只是耳朵、头发和脖子周围像鸟的羽毛一样倒立起来，打着旋儿。旋涡的另一端消失在那个蓝色空间中，像是被吸进去了一样。

"跟你说哦，空鱼。我好像明白了。为什么冴月会消失，为什么我听到了呼唤，在那边究竟有着什么。"

说话间，鸟子仍然在持续崩坏着，逐渐四分五裂。

"其实，我们必须怀有恐惧。我们必须害怕、畏惧，直到完全失去理智。一切生物都会感到恐怖，但只有人类才会去探求恐怖，追寻恐怖的源头。也只有人类才能想象出恐怖，娴熟地运用恐怖，所以它们才能通过恐惧侵入我们的世界。因为它们实在是太过异常，太过难以理喻，和我们产生接触（contact）时只能带来恐惧这一种情绪。恐怖既是它们与人类联系的手段，也是它们的目的。空鱼，我，我明白了——"

"鸟子，不能明白！不许你明白！"

我拼命拉住鸟子，抱住她的头，试图阻止她的崩坏。但，没有效果。

鸟子正在慢慢分崩离析。不要说她了，就连我的身体也开始随之消解。一点都不痛，只有奇异的落寞感在体内扩散开来。

"空鱼……你在做什么？不行哦，我自己去就够了。"

"少废话！我绝对不会让你去的。"

"这和空鱼……没有关系吧。"

"哈？！"我不禁提高了声音，"已经糟透了，鸟子。现在已经糟透了。你才是，把别人的人生弄得一团糟，现在还来说这种话？没有关系什么的在我这可行不通，都是你的错，别耍小孩子脾气了。"

"你在说什么……莫名其妙。"鸟子有些焦躁地说。

"我才觉得你莫名其妙呢！气死人了！给我听着，你要是不想牵连我，现在马上回去。你看到的才不是冴月，只是一个披着你珍爱之人的皮的怪物！"

我想起了与八尺大人的遭遇。当时我被怪物所惑，鸟子在千钧一发之际把我拦住了。这次轮到我了，我不会让鸟子被带走的，不管对方是什么人，什么东西——我才不管呢。

我用左手抱住鸟子的头，右手端起霰弹枪，把枪身架在阳台的栏杆上。

转动着的畸形物体几乎填满了我的视野，我恶狠狠地盯着它。

混蛋巨型风车女，你猜猜，我在以往冒险中学到的最大的教训是什么？

那就是——无论你是多么超出人类理解范围的存在，只要用这只右眼盯着，开枪，子弹就能奏效。

"……杀了你这玩意儿。"

我拉下保险，扣下霰弹枪的扳机。

12号霰弹从鳄鱼嘴里飞出，在不断旋转的庞大花朵上留下了一排弹孔。

"呃……什么？冴月她的脸——"

鸟子茫然地说。我没有理睬她，把护木往栅栏上一挂，抛出空弹壳，打出第二发。打着旋儿的万花筒开始痉挛，扭曲。我接着开枪，第三发，第四发。打出第五发之后子弹终于尽数击完。

巨大的花瓣被打得稀烂，虽然还在旋转，但好像已经到达了极限，开始渐渐分解了。它的碎片从四面八方纷纷扬扬地散落下来，风车女逐渐崩坏。那张脸直直地盯着我，没有责备，也没有笑意。

"……咦？！不对！这不是冴月！"

鸟子如梦初醒似的，突然大叫了起来。

你这家伙……你这家伙啊——

"所以我都说了……别这么单纯地被操控啊，真是的。"

"欸，什么？怎么回事……对了空鱼，我的头，是不是变得有点奇怪？"

"行了行了，你先乖乖待着。马上就会好的，大概。"

鸟子的身体刚刚不断崩坏着，现在已经慢慢恢复了原状。还没来得及松口气，我们脚下的阳台就消失了。这幢公寓变得无影无踪，无尽的蓝色世界里只剩下了我们俩。

我们虽然并没有向下坠落，但也无法辨别自己是不是真的站着。感觉身体摇摇欲坠，我们两个人不约而同地相互支撑着紧挨在一起。仿佛一摔倒就会坠落下去，这种感觉让我不由得绷紧了身体。

鸟子似乎冷静了一些，颤巍巍地开口："啊——那个——空鱼同学。"

"是我，请问有什么事吗，鸟子同学？"

"……我，刚才想干什么？"

"你被怪物骗上钩了，想丢下我跑去不知道的地方呢。"

听到我的回答，鸟子沉默了一会儿。

"……真的很对不起。"

"我接受你的道歉，但是绝对不会原谅你。绝不。"

"你是指？"

鸟子少见的不安起来。我没有回答她的询问，把话题扯开了。

"大概，都是陷阱哦。所有都是。那条街也是，大叔也是。"

"大叔是什么？"

无论怎么想我都觉得我们是被什么东西骗过去的。它用冴月当诱饵骗来了鸟子和小樱，又用鸟子当诱饵骗来了我。

时空大叔和其他的各种现象一定都是这个陷阱的一部分。

目前我们只能推测它的目的，但刚才鸟子嘴里吐出的"接触（contact）"一词令我有些在意。是在蓝色光芒尽头的什么东西正在关注着我们，设下了这个陷阱吗？我们已经从里面逃出来了吗……

无论我如何苦思冥想也找不出答案。最终，那个长着女人脸的东西完全崩坏，消失在那片蓝色之中。

鸟子注视着它，脸上有一丝还未消散的凄楚。

我正这么想着，她却突然开了口。

"先说好哦，空鱼也有错。"

"啊？"

"都是因为你说什么'不会再陪你过去那边了，跟你这种家伙才不是朋友呢'。这句话让我超受打击的——"

"慢着，我可没说过这种话。"

"听起来就是这个意思嘛！你要是真觉得对不起我，就想想我们要怎么回去。"

鸟子一把抓住飘在身边的 AK 上面的肩带把它扯了过来，闹别扭似的说。

"麻……麻烦死了你这女人！"

发自内心的感想不禁脱口而出。

还以为鸟子会生气，但她看起来反而十分开心。

我思考了一会儿，回答道："可以是可以，但回去之前要绕个路。必须把小樱回收回来。"

"欸，小樱也来了吗？"

"嗯，见面她肯定要杀了你，做好心理准备哦，鸟子。"

"怎么回事？"

"你过会儿就知道了。"

鸟子握住了我伸出的手。四目相对时，她突然嘿嘿笑了出来。

"干吗看着别人的脸笑，好没礼貌。"

"不是啦，对不起。其实我还挺怕生的，但不知道为什么，第一次见到空鱼就相处得很自然。我在想这是为什么呢？然后就想起了最初的那个契机。"

你说谁怕生？

我差点开口吐槽。但确实，鸟子在和肋户、美军士兵们对话时感觉都十分冷淡。

"你说的'契机'指的是？"

"我当时说空鱼你是奥菲利亚，对吧。"

"啊——嗯？"

是我被"扭来扭去"袭击，享受着死亡寝汤那会儿的事。

"当时空鱼满脸都写着'这家伙在说啥啊'，所以我当时就觉得'啊，好像能和她成为好朋友'，因为你是个不会隐藏自己的人。"

"那是——"

我把涌上嘴边的话又吞了回去。

那个啊，鸟子。那只是因为，我看你看得出神了。

"没错没错，就是这副表情。所以我才喜欢空鱼你啊。"

"……哦，是这样啊。"

"别生气嘛，在夸你呢。"鸟子天真无邪地笑着，"好啦，回去吧回去吧。我该怎么做？"

"OK。那，你能随便抓住附近什么地方吗？"

"OK。"

我用右眼注视着周围的空间。

鸟子用左手抓住了那里。

无色透明的手把蓝色光芒像撕纸一样给撕开了，对面出现了不一样的景象。是刚才那座"鬼城"。

我们俩钻进了那道裂缝，出来的地方恰好是公寓的门口。

"哇，好黑，这是晚上吗？"

"没错，随时准备好你的枪。"

我紧紧牵着鸟子的手，把注意力集中到右眼，顺着来时的路开始往回走。

还不能疏忽大意。现在我们要回到小樱所在的那一层"面貌"，把她变回人类，然后穿过怪物游荡的树林爬上那栋骨架大楼才行。

小樱大概会火冒三丈吧。特意为了见冴月留下来，却白跑一趟。

要怎么向她解释呢？我烦恼着。

虽然我们遇到的冴月是假的，但小樱对冴月的迷恋似乎不亚于鸟子，要是跟她说自己未经确认就开了枪，她绝对会爆炸的。

趁着还在"里世界"，赶紧告诉瑟瑟发抖的小樱，回去之后赶在她恢复精神前溜走怎么样？

干脆把小樱变成的花连根拔起带回去算了，还有点想看那两个粉色花苞绽放时候的样子呢。

……不不不，这个还是有点过分了。

正当我的思绪飘往危险的方向时，鸟子把脸凑了过来。

"那个，空鱼。我刚才忘了说了……谢谢你追过来。"她略带羞涩地说完，又附在我耳畔说，"还有……下次，我们什么时候过来？"

我迎上鸟子的目光，慢慢眨了眨眼。

假如现在让世界的面貌交错，把鸟子也变成植物，她到底会开出什么样的花呢？好想看看啊，我的心头涌起一股冲动。

Otherside Picnic

参考文献

本书中与恐怖相关的科学解释参考了以下两本书。但本书中若出现任何谬误，笔者将负全部责任。

· 川合伸幸／内村直之　著　《恐怖的认知科学（コワイの认知科学）》新曜社出版，2016 年

· 户田山和久　著　《恐怖的哲学——通过恐怖读懂人类（恐怖の哲学　ホラーで人間を読む）》NHK 出版新书，2016 年

另外，本作品以现存众多真实灵异故事和网络怪谈为原型写就，笔者将书中直接引用的故事进行如下特别标注。下记内容涉及正文，可能存在剧透，请谨慎阅读。

■ 档案 1　狩猎"扭来扭去"

空鱼口中吐出的谜之话语，是引用了"扭来扭去"这一网络传说的部分片段拼凑而成的（档案 4 中小樱说的胡话同上）。被引原文出自论坛 2ch 揭示板的灵异超常现象板块"来收集一点都不好笑，恐怖得要死的恐怖故事吧？6"帖子的 212 楼"不知为妙"（发布于 2001 年 7 月 7 日）、同主题帖子 31 的 756、759、761、762、763、764 楼

"扭来扭去"（发布于 2003 年 3 月 29 日）、同主题帖子 44 的 122、123、124、126、127 楼"白色的扭来扭去"（发布于 2003 年 7 月 9 日）。

乘坐电梯去往"里世界"时，楼层按钮的顺序出自知名网络传说"去往异世界的方法"（但本作中出现的数字顺序与原文不同）。2ch 论坛中转载了该网络传说的帖子也非常有名，但似乎并非起源于该论坛（*1）。目前可追溯到最早的记录来自莫比乌斯环揭示板 ETC 类目，恐怖揭示板"谜团重重的危险游戏研究委员会"的 1316 号帖（发布于 2008 年 2 月 12 日）。从"听说这是最灵验的方法，是一个非常危险的游戏""有人说去了那边，最后就回不来了……"等句子可以看出，此帖以传闻的语气写就，但网络上找不到比这更早的相关记录。假如该说法并非发帖人原创，其典出书籍有可能仍存在（*2）。

或受该说法影响，网络上有一个名为"异界之门"的怪谈。这个故事出自"来收集一点都不好笑，恐怖得要死的恐怖故事吧？ 87"帖子的 565、566、567、568、569 楼（发布于 2004 年 11 月 6 日），发帖人讲述了自己乘坐公寓电梯去了异世界的亲身体验，该故事常与"去往异世界的方法"同时被提及。

*1 部分整理了"时空大叔事件"的网站表示这一典故出自 2ch 揭示板的灵异超常现象板块"时空大叔"帖子的 43 楼（发布于 2006 年 3 月 12 日），这是一条错误信息，该层主的发言与时空大叔毫无关系。

*2 此处列举的其他怪谈都属于"灵异真实体验"，是以自己亲身体验的报告文体写就的。而只有"去往异世界的方法"属于"都市传说",即出处不明的流言。

■ 档案 2 八尺大人绝境求生

"八尺大人"的说法最初来源于"来收集一点都不好笑,恐怖得要死的恐怖故事吧? 196"的 908、909、910、911、913、914、915、916 楼(发布于 2008 年 8 月 26 日),本书中未对原文进行直接引用。该板块有两个同名帖子,请注意区分原出处。

看到八尺大人的另一个姿态后,空鱼所联想到的"圆规人",出自《现代百物语 新耳袋 第二夜》(木原浩胜/中山市朗 著,Media Factory 出版,1998 年)所收录的"第 78 话 在雨中发光的东西"。而"深夜在山上来回走动的颠倒鸟居"典出《FKB 怪谈五色》(黑史郎、朱雀门出、伊计翼、黑木あるじ、つくね乱藏 著,竹书房文库出版,2013 年)中,朱雀门出所著"瘤冢"一文。

本文最初刊载于《SF MAGAZINE》时,笔者未想起后者的出处及细节,故写为"许多人在京都山脚下见过的飞在天上的鸟居"。刊载后方才找到出处,令人惊讶的是原文与"在雨中发光的东西"有许多相似要素,比笔者记忆中更为相似。完全不同的人讲述的灵异体验之间出现了奇妙的共通之处,这也是"涉猎真实灵异事件"的乐趣之一。但笔者在初读"瘤冢"时为何没有注意到这一点呢? 怎么就记成"在空中飞行"了呢? 这实在是让人困惑不已。顺带一提,也存在其他关于"空中飞行的鸟居"的目击事件，在网络上用该关键词进行搜索还能找到照片，但笔者在撰写档案 2 时尚未掌握这一信息。另外，现已证明"空中鸟居"的真面目是悬挂在熊野古道山中的音响雕刻作品[1]（也就是说是真实存在的）。

■ 档案 3 Station February（如月车站）

"如月车站"最初起源于 2ch 揭示板的灵异超常现象板块中"直播身边怪事帖 26"的 98—635 楼（发布于 2004 年 1 月 8 日至 9 日）。

此外，故事结尾处，电车内的景象出自"来收集一点都不好笑，恐怖得要死的恐怖故事吧？"帖子的 9、12、13 楼"猿梦"一文（发布于 2000 年 8 月 2 日）。本章中出现的"疯言疯语"也部分引用了这两个故事的原文（包含层主叙述过程中其他网友的评论）。

■ 档案 4 时间、空间、大叔

这一系列网络传说最初出自"来收集一点都不好笑，恐怖得要死的恐怖故事吧？ 104"帖子的 280、281、282、283、284、288 楼"时间守门人"（发布于 2005 年 7 月 21 日），后逐渐得名"时空大叔"。在层主讲述这一事件时，其他网友纷纷表示"好像在哪儿也看过类似的故事"。其实就是"来收集一点都不好笑，恐怖得要死的恐怖故事吧？

1　Sound Sculpture，现代美术形式之一，指包含了音响要素的立体作品。

92"的 65、66 楼"时空错乱？"（发布于 2005 年 2 月 6 日），从这个故事出现开始，表示自己也遇到过同样事件的人越来越多。关于"时空大叔"事件有不少网站都整理、总结了相关信息，但大部分信息都来自转载了以上帖子的其他网站。最早的来源是以上两个帖子。

而本作中出现的"好几个行状可疑的中年妇女找上门来"这一场景来源于作家工藤美代子的作品《日日是怪谈》（中央公论社出版，1997 年）所收录的"铃声响起"一文，再加上笔者从网上见过的类似怪谈中获得的灵感。

本作也受到其他众多"灵异真实体验"和网络传说的间接影响。为避免对本书的说明令读者感到兴致大减，最重要的是笔者也未能尽知对本书写作产生影响的所有怪谈传说，因此尽量避免详尽叙述。在此对各位作者致以衷心的感谢。非常感谢各位。希望本书能作为一份薄礼，回馈为笔者带来了无数恐怖体验的各位作者。

她们的冒险故事
才刚刚开始……

YES NO

图书在版编目（CIP）数据

里世界郊游 . 两个人的怪异探险档案 / （日）宫泽伊
织著；游凝译 . — 北京：文化发展出版社，2021.2
书名原文：裏世界ピクニック ふたりの怪異探検フアイル
ISBN 978-7-5142-3298-1

Ⅰ . ①里… Ⅱ . ①宫… ②游… Ⅲ . ①幻想小说 – 日
本 – 现代 Ⅳ . ① I313.45

中国版本图书馆 CIP 数据核字 (2021) 第 017721 号

版权合同登记号 图字：01-2020-6151
URASEKAI PIKUNIKKU
Copyright © 2017 Iori Miyazawa
Originally published in Japan by Hayakawa Publishing Corporation
Simplified Chinese translation rights arranged with Hayakawa Publishing Corporation
through AMANN CO., LTD.

里世界郊游 两个人的怪异探险档案

[日] 宫泽伊织 / 著
游凝 / 译

出 版 人：武 赫	特约策划：欧阳博 张录宁
责任编辑：周 蕾	责任校对：岳智勇
责任设计：郭 阳	责任印制：杨 骏

出版发行：文化发展出版社（北京市翠微路 2 号 邮编：100036）
网　　址：www.wenhuafazhan.com
经　　销：各地新华书店
印　　刷：嘉业印刷（天津）有限公司
开　　本：880mm×630mm 1/32
字　　数：164 千字
印　　张：8.5
印　　次：2021 年 3 月第 1 版 2021 年 3 月第 1 次印刷
定　　价：36.00 元
I S B N：978-7-5142-3298-1

◆ 如有任何印刷装订质量问题，请联系：010-57735441 调换.